CHORON sous l'Empire

L'Ecole de chant de CHORON

Extrait de la *Revue Musicale*, 16, quai de Passy, Paris

CHORON sous l'Empire

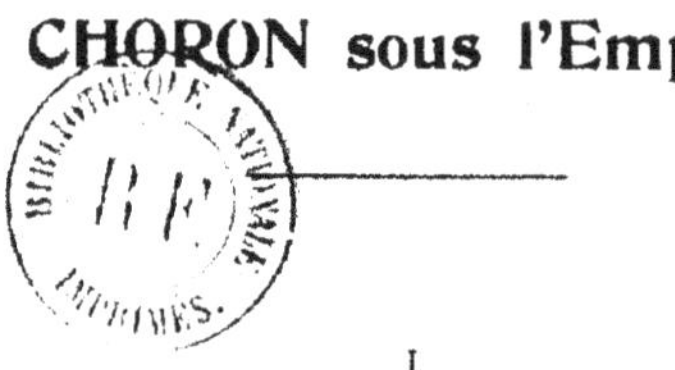

I

L'ÉRUDIT ; LE COMPOSITEUR ; L'ÉDITEUR

En 1804, Choron s'établit définitivement à Paris. Sa prodigieuse activité va se donner carrière.

Il ne perd pas de vue sa *Méthode* ; il l'applique lui-même et forme des maîtres. Le 1er janvier 1806, les commissaires de bienfaisance de la Division des Tuileries, du Muséum et des Gardes françaises le remercient « de ce qu'il a fait pour faire fructifier leurs deux écoles gratuites de jeunes filles, rue des Poulies ». Ils ajoutent : « Vos méthodes sont intéressantes ; nous ouvrons demain l'école des garçons, et nous comptons sur vos bontés pour instruire le maître que nous avons choisi pour la tenir. »

Le 23 octobre 1812, le ministre du Commerce invite le Grand-Maître de l'Université à faire examiner sa méthode « comparativement avec celle de M. Brun ».

Choron, en effet, n'était pas le seul à s'occuper de l'enseignement primaire. Dans un rapport adressé à l'empereur par Carnot en avril 1815, il est cité avec François de Neufchâteau, l'abbé Gaultier et d'autres philanthropes qui ont voulu élever le plus grand nombre d'enfants avec le moins de dépense possible et avec le concours du plus petit nombre de maîtres. Le ministre passe rapidement en revue les méthodes essayées en France depuis 1747, sans oublier ce qu'ont fait en Angleterre Bell et Lancaster ; puis il élève la question : sans doute il faut compter avec le budget qui ne peut payer un trop grand nombre de maîtres « pour ces deux millions d'enfants qui réclament l'éducation primaire » ; mais il ne s'agit pas seulement de leur apprendre à lire et à écrire : on ne peut séparer l'instruction de la morale. Nous voyons là un noble effort pour organiser un enseignement dont on ne s'occupera plus qu'en 1833 (1), et la chute de l'Empire ne

____

(1) Après 1815, il se forma une Société pour répandre l'instruction dans les classes populaires. Elle ouvrit à Paris un certain nombre d'écoles. En 1819, Gerando proposa d'y introduire l'enseignement du chant ; pour l'organiser, Béranger désigna Wilhem.

permettra pas d'ouvrir, conformément au décret du 27 avril 1815, « cette École d'essai d'éducation primaire, organisée de manière à servir de modèle, et à devenir une École normale pour former des instituteurs primaires ».

En 1810, les artistes et amateurs de musique ont l'intention de former une Société des Philharmoniques de France. Ils demandent à Choron un projet d'organisation. Son imagination s'enflamme, et il trace le vaste plan d'un Institut : Conseil académique avec des membres honoraires, Monsigny, Gossec, Grétry ; des inspecteurs généraux ; 48 membres auteurs dont 18 poètes lyriques qui auront eu un drame lyrique joué sur un théâtre de l'Empire ; 24 compositeurs qui auront fait exécuter ou une messe dans une principale église ou un opéra sur un grand théâtre de l'Empire ; 6 théoriciens pour la géométrie, la physique, l'érudition.

Le 5 janvier 1811, il est nommé correspondant de l'Institut (1). Trois musiciens font partie de la Classe des Beaux-Arts ; Grétry et Gossec sont âgés ; Méhul est très occupé : ils laissent donc la besogne à leur cadet. En 1812, il présente un rapport sur un ouvrage d'Antoine Scoppa, *les Vrais Principes de la versification*. Dans la séance publique du 2 octobre 1811, il lit une remarquable dissertation sur un manuscrit latin du xve siècle, appartenant à Fayolle, et comprenant les traités de musique de Jean Teinturier.

Ce ne sont là pour lui que des distractions ; d'autres travaux l'occupent tout entier.

Il compose, et, en commençant, il paye tribut au goût du temps, en publiant, dans une série de cahiers, vingt-sept romances. Une seule, *la Sentinelle* (2),

---

(1) Il succédait à Framery. En 1830, il brigua la place de titulaire, et publia une brochure : *Motifs d'éligibilité présentés par un des candidats pour la place vacante à l'Académie des Beaux-Arts...* 1830. Ce fut Paër qui l'emporta.

Choron fut nommé en 1809 membre de l'Académie de Livourne, chevalier de la Légion d'honneur le 1er mai 1821. Il était membre non résidant de la Société philharmonique du Calvados. Le 20 octobre 1808, il écrivit à Fontanes la lettre suivante :

« Monseigneur,

« Le sieur Alexandre Choron, né à Caen le 21 octobre 1771, élève de l'Académie royale de Juilly, élève de l'École Polytechnique et particulièrement de S. E. Mgr le Sénateur Monge, auteur des *Principes de composition des Écoles d'Italie*, adoptés par le gouvernement pour les écoles des maîtrises, dont S. M. l'Empereur et Roi a daigné agréer la dédicace, auteur d'une *Nouvelle Méthode d'instruction primaire* pour laquelle il a fait des dépenses considérables dans la vue d'améliorer cette partie de l'instruction publique,

« Vous prie de vouloir bien lui accorder le grade d'inspecteur général de l'Université impériale. »

Le nom de Choron ne figure sur aucune des listes de propositions que nous avons eues sous les yeux.

(2) *La Sentinelle*, romance par M. Brault, mise en musique par A. Choron, accompagnement de lyre ou de guitare par Meissonnier. A Paris, chez Leduc. En voici les paroles :

1

L'astre des nuits de son faible éclat
Lançait des feux sur les tentes de France
Non loin du camp, un jeune et beau soldat
Ainsi chantait, appuyé sur sa lance :
    « Partez, mes chants, vers ma patrie ;
    Dites que je veille en ces lieux
    Dites que je veille en ces lieux
    Pour la gloire et mon amie. »

2

A la lueur des feux des ennemis
La sentinelle est placée en silence.

Mais le Français, pour abréger les nuits,
Chante, appuyé sur le fer de sa lance :
    « Partez, etc... »

3

« L'astre du jour ramène les combats.
Demain il faut signaler sa vaillance ;
Dans la victoire on trouve le trépas ;
Mais si je tombe à côté de ma lance,
    Allez encor, jeune zéphir,
    Allez, volez dans ma patrie,
    Dire que mon dernier soupir
    Fut pour la gloire et mon amie. »

fut jadis populaire : le rythme, en effet, en est vif et entraînant, mais, comme presque toutes les autres, elle appartient, par les paroles, au genre *troubadour*. Contraste curieux ! Une génération qui vit sous les armes, au milieu des réalités sanglantes des guerres, se contente de flonflons où reviennent, parodie d'un fade et faux moyen âge, les rimes de lauriers et de guerriers, de gloire et de victoire, de chevalerie et de patrie. Comme on est loin de la *Marseillaise* et du *Chant du départ !* La Révolution a enfanté un Rouget de l'Isle. L'Empire n'a personne pour célébrer sa fortune : sur la musique s'étend l'assoupissement qui règne dans la littérature.

En 1811, Choron, comme il le rapporte, travaillait à la composition musicale de deux drames lyriques. Il rendit les livrets à leurs auteurs. «Ce n'est pas votre affaire, lui dirent ses collègues de l'Institut. On compte sur vous comme théoricien; or nous n'avons rien sur la théorie et l'histoire de l'art. »

Le conseil était judicieux, et venait d'hommes qui connaissaient bien Choron. Il faut le reconnaître : celui-ci n'était pas toujours à son aise dans le domaine de la musique. Il avait appris assez tard et seul ; il avoue que ce fut par un travail opiniâtre et un exercice assidu de lecture qu'il vint à bout de lire suffisamment pour ses travaux de pratique et de théorie. Mais, pour composer, la volonté ne suffit pas. D'ailleurs, en admettant qu'il eût reçu de la nature les dons nécessaires, ce qui est peu probable, son esprit était desséché par la critique, son imagination étouffée par l'érudition.

En effet, Choron porte dans sa tête une encyclopédie. Pendant les vingt années qui viennent de s'écouler, il a mené de front d'immenses études. Il a voulu pénétrer le secret des connaissances humaines, car il les rapporte toutes à la musique, et il l'a pu, grâce à une incroyable puissance de travail, grâce, dit-il lui-même, « à une organisation assez forte pour saisir un aussi vaste ensemble et sentir les rapports mutuels de tant d'objets divers, ou, pour mieux dire, des divers aspects sous lesquels ce même objet peut être envisagé (1) ».

Il se trace un programme effrayant, et il le remplit. Il y a dans la musique un art et une science ; l'un, c'est la pratique ; l'autre, la théorie, et celle-ci, qu'exige-t-elle ? « Le talent d'analyser et d'exprimer sa pensée, la connaissance de la littérature, celle des langues anciennes et modernes, comme aussi des diverses branches des sciences exactes ou naturelles ayant rapport à l'art. »

Dès le début, il est forcé d'apprendre la physique et la géométrie. Etudiant seul, quelles ressources avait-il dans sa province ? Uniquement la méthode de

Quatre romances sont empruntées au *Moine*, roman de Lewis, alors fort populaire. La première a pour titre *Imogine et Alonzo* ; en voici le début :

<table>
<tr><td>« Il le faut, disait un guerrier
A la belle et tendre Imogine,</td><td>Il le faut, je suis chevalier,
Et je vais à la Palestine. »</td></tr>
</table>

A noter la musique de la *Romance du Saule*, imitée de Shakespeare par Ducis. — Laferrière raconte seul que Napoléon donna à Choron pour sa *Sentinelle* une pension de 100 louis sur sa cassette.

(1) M. Combarieu, professeur d'histoire de la musique au Collège de France, a bien voulu nous faire remarquer que Fétis — qui a commencé l'ouvrage que méditait Choron — se propose également un programme effrayant : « L'histoire de la musique ne peut être entièrement séparée des études géologiques, anthropologiques, ethnographiques et linguistiques, car on ne peut saisir les analogies et les divergences de cet art et en suivre les transformations que par la connaissance du développement de l'espèce humaine, des caractères radicaux par lesquels se distinguent les races, des monuments et des migrations de celles-ci, enfin leurs mélanges par les invasions et les conquêtes, ainsi que des influences qu'elles ont exercées les unes sur les autres. »

Rameau, abrégée ou corrigée sur certains points par Béthisy et l'abbé Roussier, et, en apparence, simplifiée par d'Alembert dans ses *Éléments de musique théorique et pratique*. Or, pour comprendre les formules et les calculs dont abonde cet ouvrage, il fallait être mathématicien. Choron le devint, et avec quelle supériorité, on l'a vu. puisqu'à vingt-quatre ans, il enseignait à l'École normale devant des auditeurs dont beaucoup étaient plus âgés que lui.

« La philosophie lui apprend l'art d'observer et d'analyser les objets, de les disposer entre eux selon le véritable ordre où ils s'enchaînent. »

Il possède l'hébreu, et parfois, comme il l'a raconté, il supplée au Collège de France Audran, son professeur.

Le latin est un jeu pour lui : dans son âge mûr, il se rappelle, il récite de longs passages de Cicéron, de Virgile, de Tibulle.

Il sait du grec autant qu'homme de France. Il consulte directement Platon et Aristote. Il lit Théocrite, en copie des passages, reproduit dans ses notes — qui existent toujours — les vers qui l'ont particulièrement intéressé, soulignant certains mots techniques, se réservant de les expliquer, de faire des recherches sur tel ou tel instrument dont parle le poète.

Il étudie tout ce qui, dans les temps anciens ou modernes, a été écrit sur la musique. Il ne néglige pas le traité le plus obscur, le plus inconnu, et, de bonne heure, dans sa pensée, tout ce travail doit aboutir à une histoire générale de la musique, à laquelle il pense encore à la veille de sa mort. L'œuvre n'a pas été construite ; il ne reste que des matériaux nombreux et qui ont leur prix ; l'architecte a laissé son plan ; il est immense, il est vaste comme le monde, puisqu'il embrasse tous les peuples et tous les siècles.

Toujours modeste, Choron avait pourtant conscience de sa supériorité

« Le premier, dit-il en parlant de lui-même, et jusqu'à présent le seul, il a pu embrasser dans toute sa généralité le système entier des connaissances musicales, en tracer le plan, en ordonner toutes les parties, selon les rapports qui existent entre elles, les approfondir toutes avec une égale facilité. »

Tel est le jugement qu'il porte sur lui-même. Les œuvres qu'il a publiées prouvent que, dans l'ensemble, il est exact.

Jusqu'au xixe siècle, les ouvrages de théorie sont rares en France. L'influence de Rameau s'exerce longtemps, et les erreurs de sa méthode ne sont trouvées et signalées qu'en 1802 par Catel, dans son *Traité d'harmonie*, où il tombe, à son tour, dans d'autres fautes. Les ouvrages d'enseignement sont misérables. « Quelques malheureux solfèges propres à former des croque-notes, quelques recueils de musique courante propre à former des chanteurs routiniers, voilà les seules ressources qu'offrent les collections publiées jusqu'à ce jour. » On ignore les œuvres de l'étranger, et les grands classiques, anciens ou modernes, sont à peine connus de nom.

En 1804, Choron, en collaboration avec Fiocchi, fait paraître les *Principes d'accompagnement des écoles d'Italie*. Ils étaient empruntés aux musiciens du xviiie siècle, Léo, Durante, Fenaroli, Sala, Azopardi, Sabbatini et autres. Ce recueil factice, composé d'œuvres de valeur inégale et de méthodes différentes, ne pouvait constituer un traité. Fétis le juge sévèrement, sans ajouter que Choron, avec Durante, Fenaroli, Martini et Leo, donnait des modèles d'un chant naturel et d'une harmonie légère et pure.

En 1808, commence la publication des *Principes de composition des écoles d'Italie* (1), où l'auteur est aidé dans son choix par les conseils de Cherubini et de Nicolo. Le titre n'est pas tout à fait exact, puisque dans le recueil est inséré le Traité de fugue et de contrepoint d'un Allemand, Maspurg.

Fétis n'est pas satisfait de ces nouveaux volumes. Il refait en quelque sorte le travail de Choron ; il indique les livres qu'il aurait mieux valu reproduire, mais il ne rappelle pas ce qu'il y avait dans cette publication d'original et de méritoire ; il n'a pas un éloge pour ces savantes introductions. résumés d'études colossales, pour ce vaste plan où sont étudiées toutes les variétés de la composition avec des exemples que fournissent Constant Porta. Palestrina, Jomelli, Durante, A. Scarlatti, Leo, Clari, Haydn, Mozart, Ignace Fiorillo, J.-C. Stamitz et Boccherini.

En 1806, avait commencé à paraître la collection générale des ouvrages classiques de musique, avec des notices françaises et italiennes sur Léo, Jomelli, Pierluigi de Palestrina et Josquin Desprès.

Ces noms consacrés, nous les retrouverons, avec bien d'autres encore, au moment où Choron, après avoir donné à la France cette bibliothèque musicale qu'il déplorait de ne pas trouver chez nous. révélait, en les faisant exécuter, des œuvres qui couraient risque d'être vite oubliées dans des livres.

Editeur, il se ruine pour les publier (2). Quand il ne peut plus suffire aux frais d'impression, il achète des recueils à l'étranger, multiplie ses efforts pour en procurer à son école, et, toute sa vie, il est en quête de vieux et illustres maîtres. En 1829, il s'adresse à Chateaubriand (3). alors ambassadeur à Rome, pour obtenir de la musique religieuse ; il en fait copier dans les archives de Saint-Jean-de-Latran ; professeur, il ne veut pas d'autres modèles pour son enseignement, et jusque dans son *Journal de Musique religieuse*, destiné aux communautés et maisons d'éducation, il ne propose à la jeunesse, pour chanter dans les chapelles, que les compositions des Allegri, des Vittoria, des Palestrina, des Beethoven.

C'est que Choron a la passion du classique, c'est-à-dire de ce qui a subi l'é-

(1) Dédiés à l'empereur. Choron donne la liste des souscripteurs, parmi lesquels on remarque le prince Eugène, le grand-duc de Bade, Metternich, etc. Les six volumes coûtaient 120 francs. Le ministre de l'Intérieur souscrivit pour quatre exemplaires ; en 1813, il accorda à Choron 1.000 francs en récompense de ses travaux.

(2) Il s'était associé en 1806 avec l'éditeur Leduc : il perdit en six ans 80.000 francs. Un de ses anciens camarades de Juilly, Petit, agent de change à Paris, l'aida généreusement à faire face à de lourds engagements : « Sans lui, la femme et les enfants de Choron auraient souvent manqué du strict nécessaire .» (Elwart.) En 1816, il eut sa part de la fortune de sa mère.

(3) Voici la lettre — probablement inédite — écrite à ce propos par Chateaubriand à M. de La Rochefoucauld, le 7 mai 1829 :

« Monsieur le Vicomte,

« J'ai reçu la lettre que vous m'avez fait l'honneur de m'écrire le 9 avril dernier au sujet de la demande qui m'a été adressée par M. Choron.

« Je m'étais occupé immédiatement de cette affaire, et M. le comte de Boissy, qui a quitté Rome le 2 avril, était porteur de copies que j'ai obtenues de MM les dépositaires de la musique religieuse.

« Je m'empresserai de vous faire passer celle que M. Santini (1) et son collègue pourront encore me procurer. Je serai toujours disposé à employer mon intervention dans l'intérêt des beaux-arts, et je serais heureux d'être utile à M. Choron, s'il venait un jour à Rome.

« Agréez, etc. »

(1) Sur l'abbé Santini. voir le *Dictionnaire* de Fétis.

preuve du temps, et demeure éternellement jeune et beau. Il a au plus haut degré
le respect de son art : il n'est point un amusement. « Toute musique, dit-il, a son
principe dans l'action des sens sur les facultés de l'âme, » et cette culture spéciale demande la même préparation que la culture par les humanités : celle-ci
repose sur l'étude des plus nobles manifestations du génie dans les lettres ;
l'autre réclame de même la connaissance intime des grands modèles.

Or que voit-il autour de lui ? Une instruction hâtive et superficielle. « La
musique semble n'être cultivée que pour le boudoir ou le théâtre. La romance
et l'ariette, voilà à quoi elle se réduit parmi nous ; d'ailleurs, aucun sentiment
du style sévère, aucune connaissance des classiques. Les compositeurs négligent
l'étude du contrepoint, qui pourtant est absolument pour eux « ce que l'étude
du dessin est pour le peintre, le sculpteur et le graveur, la stéréotomie pour l'architecte. Les musiciens ressemblent à des littérateurs qui ne connaîtraient que
les productions des auteurs de nos jours, dans le genre le plus léger, et ne connaîtraient point la haute littérature. »

Dans les églises, au théâtre, Choron voit partout le mal ; il le signale ; il es-
saie d'éclairer le public ; dans son école, il sera libre enfin de nourrir des
vrais principes tout un peuple d'élèves.

II

LA MUSIQUE D'ÉGLISE

Ce qui avait frappé Choron quand il entreprenait ses vastes publications,
c'était que la France n'eût rien à opposer au riche répertoire de musique religieuse que l'on trouvait en Allemagne et en Italie (1). Comme on l'a vu, il combla
en partie cette lacune, et les œuvres qu'il publiait ne pouvant être exécutées par
des chantres ignorants, il composa lui-même. Il ne faut chercher dans ces productions rien de supérieur ou d'original ; ce sont, d'après son témoignage, « des
motets en musique facile et qui ne demande pas de connaissances musicales pour
être exécutée. » (2)

« Notre chant est bien barbare, » lui écrivait en 1830 l'évêque du Puy. Ces
paroles du prélat peuvent s'appliquer à la musique d'église telle qu'on l'entendait
en France sous l'Empire et sous la Restauration.

« Sa longueur, dit Choron, provenant de la multitude de sons fréquemment
accumulés contre toute espèce de goût et de raison sur une même syllabe, allonge
la durée des offices au delà de toute mesure ; la monotonie produit bientôt l'en-
nui ; les voix sourdes et sépulcrales des chantres, les sons rauques et faux des
serpents, lorsqu'il n'en résulte point une cacophonie ridicule, forment un concert lugubre qui jette sur toutes les cérémonies une teinte de tristesse repous-
sante. »

(1) Il regrettait aussi que « la France fût le seul pays qui n'eû pas une classe d'artistes consacrés à cette branche de l'art », et qu'il n'y eût pas de chapelles comme chez tant de princes
d'Allemagne.
(2) Là encore, on retrouve les difficultés que rencontra toujours l'autodidacte : lecteur ou compositeur, il est gêné, il laisse des fautes. Gautier loue certaines de ses compositions religieuses,
mais elles sont aussi oubliées que les hymnes de Santeuil.

Trop souvent, d'ailleurs, ces chants, comme à la Chapelle du roi, n'ont rien de religieux. Faut-il s'en étonner ? C'est du théâtre que viennent les rares compositeurs de musique sacrée et ceux qui l'exécutent (1).

Le plain-chant était défiguré en France, et depuis longtemps. « Il n'y a rien de plus ridicule et de plus plat que ces plains-chants accommodés à la moderne, prétintaillés des ornements de notre musique, et modulés sur les cordes de nos modes. » Voilà ce qu'écrit J.-J. Rousseau dans son *Dictionnaire de musique*. Déjà, au xviie siècle, en modifiant les modèles, des ecclésiastiques avaient fait un emploi anormal des principales cordes tonales et introduit des intervalles inusités ; dès le milieu du xviiie siècle, sous le nom de plain-chant parisien, on avait pris de singulières licences ; d'ailleurs, sous prétexte de liberté gallicane, chaque diocèse avait ses usages liturgiques, et l'on rendait méconnaissables les textes consacrés, en altérant jusqu'à la valeur des notes, jusqu'à la quantité des syllabes.

Le Concordat avait prescrit l'unité de liturgie dans toutes les églises de France, mais cet article était resté lettre morte.

En 1811, Choron écrit une brochure dans laquelle il insiste sur la nécessité de rétablir dans toutes les églises de l'Empire le chant de l'Eglise de Rome. Il veut parler évidemment de la Chapelle Sixtine, mais on sait qu'à cette époque, les traditions du pur chant grégorien étaient perdues, même au Vatican (2).

En attendant, il corrige le plain-chant. A une mélopée longue et traînante, aux sons égaux, sans aucune espèce de rythme, il oppose, « en lui conservant son caractère et sa modulation, un plain-chant mesuré et rythmé » (3), et surtout facile à exécuter, car l'ignorance est générale et les voix font défaut.

« Passé les sept ou huit premières villes, il est impossible de faire exécuter un morceau de quelque difficulté. Les voix d'hommes manquent presque totalement, parce que dans aucune des classes de la société la musique vocale ne fait partie de l'éducation des hommes. » On n'a pas non plus de voix de dessus, puisque les femmes ne sont pas autorisées à chanter dans les églises.

Dans différents mémoires imprimés ou manuscrits, et presque dans les mêmes termes, Choron insiste sur la gravité du mal. Il vient de la suppression des maî-

---

(1) L'exécution des chants d'église sur des airs de théâtre était chose ancienne, et cette habitude persista longtemps. En 1824, à l'Ecole Polytechnique, on chantait le *Kyrie* sur un air du *Tancrède* de Rossini. Dans le couvent où la sœur de Berlioz fit sa première communion, on entendit la musique de la romance de *Nina ou la Folle par amour*, de Paisiello : *Quand le bien-aimé reviendra...*

Choron voulut introduire dans les églises un choix de chorals allemands pour remplacer les cantiques du temps, qu'il avait en abomination, « chants qui rappellent des paroles toujours profanes, souvent libres, quelquefois obscènes ». De fades paroles se chantaient sur des airs tels que *Partant pour la Syrie, l'amme sensible, Il pleut, il pleut, bergère, Tout est charmant chez Aspasie*. V. le *Recueil de Saint-Sulpice*, 1772.

Aux niaiseries que l'on faisait chanter aux jeunes gens, il désirait substituer des morceaux « avec paroles de piété ou de morale », choisis dans de bons auteurs.

(2) La musique qu'on entendait au xviiie siècle dans les églises d'Italie était singulièrement mondaine. On l'accusait depuis longtemps de manquer de gravité, puisque le Concile de Trente songea à supprimer toute exécution musicale, pour ne laisser subsister que le plain-chant grégorien.

(3) « Chaque syllabe ne portant ordinairement qu'une seule note d'une valeur relative à sa quantité prosodique, savoir une note d'un temps pour chaque longue et d'un demi-temps pour chaque brève..., nous avons placé ce chant entre une basse, avec laquelle il forme duo, et un dessus qui complète à volonté le trio. Au moyen de cet arrangement, notre chant choral admet plusieurs méthodes d'exécution, puisqu'il peut être à volonté exécuté à une, deux ou trois parties, selon les voix que l'on a à sa disposition. »

trises. Avant 1790, chaque cathédrale en avait une ; sans doute « les maîtres de chapelle n'avaient point d'école ou en avaient une mauvaise, et c'était en général leurs compositions qu'ils faisaient chanter ». Très imparfaites, ces psallettes avaient pourtant rendu de grands services. Or rien de semblable n'existe plus ; on n'a que d' « abominables chantres ».

Les voix formées autrefois disparaissent peu à peu. « Au sacre de Napoléon, en 1804, il fut encore possible de réunir trois à quatre cents de ces anciens élèves des psallettes. Dix ans après, en 1813, chargé de la direction des fêtes du gouvernement à Notre-Dame, j'avais toutes les peines du monde à en réunir cinquante ou soixante, la plupart vieux et sans voix. »

Le 6 mars 1811, Choron écrit à Bigot de Préameneu pour lui demander de lui confier la surveillance et l'organisation de la musique des églises de France, et il s'engage, sans occasionner aucun frais extraordinaire, à la tirer « de la barbarie où elle est croupie ».

Ses projets sont agréés par le ministre, et il se met aussitôt à l'œuvre. La même année, il publie sa *Méthode élémentaire de musique et de plain-chant ;* le 4 juin, il informe Bigot de Préameneu qu'il s'occupe du *Livre choral à quatre parties du diocès de Paris.* « Je continuerai ce travail, et, malgré qu'il consiste à composer près de huit mille pages de musique, j'espère en venir seul à bout. » — Une seule livraison parut en 1817.

Il veut essayer sa *Méthode* à Saint-Sulpice, mais cette église n'a ni fonds ni bonne volonté. Il se rejette sur la province. En 1812, il se rend à Soissons, auprès de l'évêque, son ami ; le succès est complet. Il en fait part au ministre : il n'est pas difficile de réussir. « Pour rétablir les maîtrises, il suffit d'enfants de chœur et de séminaristes sachant le plain-chant. »

Ses plans avaient été approuvés par Napoléon : ils furent abandonnés à la suite des événements de 1812. Cette même année, il fut chargé « de la direction de la musique des fêtes et des cérémonies publiques ordonnées par le ministre de l'Intérieur et des Cultes ».

En 1814, lors de l'entrée de Louis XVIII à Paris, il préside à l'ordonnance de la musique exécutée par treize orchestres. L'un, à la barrière Saint-Denis, fait entendre : *Où peut-on être mieux qu'au sein de sa famille ?* L'autre, avec cent exécutants placés sur l'acrotère de la porte Saint-Denis, joue l'air triomphal de la *Marche de Henri IV ;* enfin deux cents musiciens, au milieu du Pont-Neuf, envoient à tous les échos le cri de : *Vive Henri IV !*

L'Ecole de chant de CHORON [1]

1817-1834

I

L'ÉCOLE PRIMAIRE DE CHANT, 1817-1820

Choron, en quittant l'Opéra, parle « d'un poste » plus tranquille : il n'en dit pas plus long, et n'ajoute pas : bien modeste. Oui, le correspondant de l'Institut, le régisseur général de l'Opéra, l'auteur et l'éditeur d'ouvrages considérables, allait diriger une école primaire de musique. Cette fois encore, il accepta, « car il avait depuis longtemps le sentiment du parti qu'on pouvait en tirer ».

C'était une déchéance, une dégradation, a-t-il dit lui-même, mais il songeait alors aux humbles et presque ridicules débuts d'une institution qu'à force d'énergie il put développer et rendre célèbre autant qu'utile.

En priant le directeur général d'accepter sa démission, il proposait « la formation d'une espèce de maîtrise ou pensionnat musical dans lequel un certain nombre d'élèves seraient formés pour le chant aux frais du gouvernement, et seraient dès à présent employés au service musical d'une église, telle que l'abbaye royale de Saint-Denis (2) ». C'était reprendre, avec l'appui officiel, le projet qu'il avait eu sous l'Empire « d'une espèce d'école primaire à former au faubourg Saint-Germain », et pour laquelle le ministre de l'Intérieur lui accordait, le 12 avril 1815, une subvention de cent francs par mois pendant deux ans.

Le nom n'était donc pas nouveau ; mais que lui offrait-on pour commencer ? une simple annexe de l'École royale de musique et de déclamation — tel fut sous la Restauration le nom du Conservatoire avec dix élèves que l'on devait recruter au concours, mais dont on ne savait trop que faire pour l'avenir. On les formera, dit-on au début, pour le service de la Chapelle du roi ; quelques semaines plus tard, il s'agit seulement d'en faire des chanteurs pour les théâtres royaux (3). Défense de pousser trop loin leurs études ; s'ils deviennent de bons

(1) Voir la *Revue musicale*, nos 13 et 15, 1908.

(2) Le 2 avril, Choron fut nommé chef de la maîtrise de cette abbaye.

(3) « L'École primaire, écrit La Ferté le 21 novembre 1818, est instituée pour former des élèves qui doivent se perfectionner à l'École royale ; elle est même spécialement créée pour fournir des sujets aux théâtres royaux. M. Choron est tellement pénétré du but de son établissement, que l'éducation qu'il donne à ses élèves est toute dirigée vers l'art dramatique. »

maîtres, d'habiles compositeurs, ils ne voudront plus paraître sur la scène.

L'École primaire, ouverte, pour se conformer aux règlements de l'Université, sous le nom de Pensionnat, reçut une sorte d'existence légale le 23 avril 1817 (1).

Il n'y eut que deux concours, en 1817 et en 1818. Soixante-deux enfants s'étaient présentés au premier (2), et presque tous les parents avaient fait agir des protecteurs auprès du jury. La musique et les dispositions de leurs fils étaient ce qui les inquiétait le moins. Ils trouvaient un moyen commode de procurer gratuitement à leurs enfants l'éducation qu'ils auraient reçue, ou à peu près, dans un collège royal. Mais, parmi les élèves admis, quelques uns sont mal doués, sont paresseux ou ont de mauvais instincts. Il y a des exécutions ; de là, dans les familles, des pleurs et des grincements de dents (3), et, du ministère, des observations adressées au directeur. Il réclame à son tour, et on le laisse enfin libre de recruter son petit monde comme il l'entend ; on lui accorde même six élèves de plus. Mais, dès le premier jour, Choron, avec ses propres ressources, avait ouvert sa maison de la rue du Regard (4) à des enfants qu'il recrutait jusque dans les écoles de Charité ; il les appelait auprès de lui comme pensionnaires ou externes, et l'esprit toujours en travail, il cherchait déjà à se créer une pépinière, en demandant que l'on établît dans les écoles primaires l'enseignement du chant. Moins de deux ans après la création, le Pensionnat a des ennemis : on le trouve inutile et coûteux. Choron porte la question devant Pradel. Le 22 juin 1818, Perne, inspecteur général de l'École royale — le Conservatoire n'eut un directeur qu'en 1822 avec Cherubini — va à l'improviste examiner ces enfants, dont l'âge varie de neuf à quatorze ans et demi.

Dans son rapport au directeur général, il se déclare très satisfait (5). Il a été frappé « de la justesse et de l'aplomb de l'exécution : on ne pouvait pas moins

(1) On alloue à Choron pour chaque élève 800 francs. En 1818, on lui accorde une gratification de 12.000 francs. — Cette même année 1817, il fut professeur de théorie musicale à l'Athénée de Paris. Dans ses manuscrits, se trouve sa leçon d'ouverture.

(2) Les premiers admis reçurent plus tard le nom d'élèves fondateurs. Deux, Batiste et Chevalier, eurent une carrière honorable comme chanteurs ; Olive de La Gastine, pianiste et professeur de chant, devint maître de chapelle à Saint-Gervais ; Monpou se fit connaître comme compositeur. Il suffit de rappeler le nom de Duprez. Voici les premières notes qui lui furent données, — il avait alors douze ans : — « de la voix, bonne instruction, lisant bien des leçons assez difficiles de la troisième partie du *Solfège d'Italie* ; sujet qui promet beaucoup par son aptitude et son intelligence ». En 823, il est ainsi apprécié : « un peu trapu, rare intelligence, grâce du caractère, suavité de l'expression ; joli ténor appelé à réussir à l'Opéra italien dans les rôles gracieux ». Choron et Paër, dit Duprez, songèrent à le faire *sopraniser*. On en raconte autant d'Haydn. — Duprez, écrit Berlioz, qui le vit à Florence en 1832, « a un grand et vrai talent, une voix délicieuse et juste, et sait la musique »

(3) « Les Prévôst sont allés faire une scène de larmes chez Pradel : ils avaient fait une scène de fureur chez Choron, qui les avait invités à reprendre leurs deux fils. » 29 novembre 1818. « Quant aux reproches, dit Choron, qui tombent sur moi de toutes parts, je sais d'où ils viennent, je les méprise souverainement, fort de ma conduite. » On veut, la même année, lui imposer deux élèves. Voici en quels termes il les rejette : « le premier joint au défaut d'intelligence une paresse invincible, et le second compense ce qui lui manque sous ce rapport par un excès de bêtise qui, musicalement parlant, peut s'appeler l'imbécillité. »

(4) Bientôt après, Choron s'installa 41, boulevard du Montparnasse ; de 1824 à 1834, il habita 69, rue de Vaugirard. Des rédacteurs du *Lycée français*, Delescluze et Patin entre autres, allaient quelquefois, dans les beaux jours d'été, après un pique-nique entre confrères, entendre de la musique boulevard du Montparnasse.

(5) L'examen porta : 1° sur une gamme de sons filés pour connaître l'état de la voix de l'élève ; 2° leçon à première vue selon l'âge de l'élève, prise dans le *Solfège d'Italie* ; 3° une proposition d'intervalles difficiles à saisir, pour connaître les dispositions musicales de l'élève, quant à l'intonation.

attendre d'un chef de service auquel il est impossible de ne pas reconnaître beaucoup de zèle, une probité d'état infiniment recommandable ».

Pourtant les attaques ne cessaient pas, et voilà, en avril 1819, l'École menacée. Elle ne disparaîtra pas, mais elle changera de caractère : les résultats ne paraissant pas devoir répondre aux espérances conçues — après moins de trois ans et avec des élèves si jeunes ! — Pradel décide que les enfants seront progressivement éliminés et que douze adultes prendront leur place : on en fera des choristes pour l'Opéra. Ces voix, Choron est chargé d'aller les découvrir dans les départements.

II

LES VOYAGES DE CHORON

L'École est transformée. Choron ne récrimine pas. Ne s'agit-il pas d'un nouveau projet ? Découvrir de belles voix (1), les former, n'est-ce pas, dans un avenir prochain, régénérer l'art du chant et sauver de la décadence les théâtres royaux ?

Joyeux et léger de bagage (2), il part aussitôt. En 1819, aux mois de mars et d'avril, il visite le Nord, et c'est en plein été qu'il parcourt le Midi. Ce sont les lettres écrites pendant ces deux tournées que nous présenterons au public.

Deux lettres, adressées de Bordeaux au marquis de Lauriston en février et mars 1822, nous donnent quelques détails sur un voyage que Choron fit dans l'Ouest ; les points extrêmes en étaient Nantes et Pau. Le mois suivant, du 3 au 20, il fait une tournée comprenant Compiègne, Noyon, Laon, Mézières, Sedan, Reims et Soissons.

En juillet 1827, il demande un congé d'un mois pour aller à Francfort. Il devait y régler d'anciens comptes et y faire provision de musique. Il allait, de plus, mettre son fils Frédéric dans une pension à Erlangen, et, sa santé laissant à désirer, il voulait prendre un peu de repos.

Le 15 juillet 1828, il songe à retourner à Francfort : il irait y chercher un organiste pour une cathédrale, et pour son école, un professeur d'orgue (3). De là, il ferait un tour par le Tyrol et l'Italie, reviendrait par Marseille et Bayonne

(1) Cette recherche des belles voix fut une des préoccupations constantes de Choron. « En 1820, raconte son ami J. d'Estourmel, il vint à Chartres, où j'étais préfet, me demander des voix : c'était précisément pendant les élections. je crus qu'une lubie avait pris à mon ami Choron d'être député. Je voulus l'en détourner, ne lui trouvant, il faut bien le dire, aucune des conditions législatives. Le quiproquo dura assez longtemps. » En plein hiver, par un froid rigoureux, raconte Descuret, il entend dans la rue une belle voix de femme. Il se jette à bas du lit, et, en simple redingote, se met à courir. Que trouve-t il ? Une fille des rues qui donnait le bras à deux militaires complètement ivres.

(2) « Combien de fois, assis rêveur dans son cabinet, ne lui est-il pas arrivé de prendre une résolution qu'il exécutait à l'instant ! Avec quelques louis dans sa bourse, sans linge, sans provisions d'aucune espèce, il sortait, et quand sa préoccupation n'était pas trop forte, il disait en passant au portier : Vous avertirez ma femme que je suis parti pour le Midi, Toulouse, Marseille, etc. Je reviendrai dans deux ou trois mois. » (H Berlioz, *Gazette musicale* du 10 juillet 1836.)

(3) Les bons organistes étaient alors très rares. Choron envoya pour quelque temps à Tours son élève Monpou, presque un enfant, pour tenir l'orgue à la cathédrale. Cet instrument, dit-il, était fort mal enseigné au Conservatoire. L'orgue de l'église de la Sorbonne était, toujours d'après lui, détestable ; un artiste allemand, rien qu'en le voyant, refusa d'y poser les mains.

— il avait gardé bon souvenir du Midi ! — le budget ne peut rien lui donner : il renonce à son voyage et à son professeur d'orgue.

Le 28 mars 1829, il demande des fonds pour aller à Rome : les mêmes raisons font échouer son projet.

Les lettres écrites par Choron pendant ses tournées sont, en somme, des rapports officiels. On peut en dire autant de celles qu'il adressait en 1833 à son gendre et à sa fille, quand, à titre privé, il parcourait les départements de l'Ouest. Vives et alertes, elles ne satisfont pas entièrement la curiosité ; on n'y trouve pas assez de ces anecdotes qui donnent du piquant à une relation de voyage, et on y apprend trop peu sur la province telle qu'elle était à cette époque. Brillant causeur, Choron gardait pour ses amis « des récits auxquels, d'après le témoignage de Berlioz, donnait un charme particulier le ton à la fois sérieux et railleur de sa conversation (1) ».

Malgré ces restrictions, ces lettres offrent un grand intérêt. Elles montrent au naturel ce chasseur infatigable et toujours en belle humeur qui ne songe qu'à son gibier. Quelle joie, quand il a pu dénicher l'oiseau rare, et l'enlever — suprême volupté ! — à la barbe de MM. les professeurs de telle ou telle ville, et des correspondants patentés du Conservatoire ! Mais aussi, pour découvrir ces talents cachés et qui s'ignorent eux-mêmes, que de questions, que de pourparlers avec les paysans, avec les gens des villes, qui ne savent rien ou ne veulent rien savoir ! Il va, vient, avance, retourne sur ses pas, indifférent à la pluie, au soleil brûlant, au gîte qui se présente, prenant sur ses repas, sur son sommeil, pour courir à travers champs à la conquête d'une basse-taille ou d'un ténor. Et quel devait être, au Nord comme au Midi, l'étonnement des simples créatures qu'il appelait auprès de lui, et devant lesquelles il faisait briller le mirage de Paris ! Il les écoute à l'église, au cabaret, dans leur atelier ou leur boutique, en plein air, n'importe où. Maçons, perruquiers, colporteurs de parapluies, ouvriers des champs, forgerons, instituteurs, couturières, blanchisseuses, pères de famille, garçons, veuves et filles, car il prend son bien où il le trouve, tous viennent à l'appel, et, séance tenante, les élus sont expédiés à Paris par la diligence. C'est donc là l'espoir des théâtres royaux ! Pourquoi pas ? N'appartiennent-ils pas à la classe du peuple, qui, écrit Choron, semblable à la terre, est la source d'où proviennent tous les dons ?

En 1822, son voyage prend le caractère d'une véritable réquisition musicale. Ne reculant devant aucune fatigue, le commissaire examinateur — c'est le titre

---

(1) « Je me souviens, raconte Berlioz dans l'article précédemment cité en note, d'un épisode assez bouffon que Choron me racontait un jour en riant du meilleur de son cœur :

« Il parcourait la Normandie, à pied, selon sa coutume ; en traversant un ruisseau gonflé par une pluie d'orage, le voyageur enfonça dans la boue, et y laissa ses deux souliers. Ne pouvant parvenir à les retrouver, il essaya de continuer sa route sans chaussure : mais reconnaissant bien vite que ses pieds trop sensibles rendaient impossible une telle tentative, il revint au bord du torrent, attendit pendant quelques heures que les eaux eussent baissé, puis, enfonçant son bras dans la boue, il parvint, après une recherche aussi opiniâtre que pénible, à repêcher ses deux souliers. C'était peu de temps après avoir quitté la direction de l'Opéra que Choron parcourait ainsi pédestrement la France. « Vous figurez-vous, me disait il la joie de mes anciens adminis-
« trés, dont je puis dire à ma louange que je suis cordialement détesté, vous imaginez-vous bien
« leur ravissement, s'il eût été possible pour eux de voir leur ex-directeur, cheminant pieds nus
« dans la boue, et barbotant ensuite dans le lit d'un ruisseau fangeux pour rattraper son infidèle
« chaussure ? C'eût été capable de faire une révolte à l'Opéra : le bonheur, cette fois, les eût
« peut-être fait chanter juste. »

qu'on lui donne parfois — propose au ministère un plan de six tournées qui devaient embrasser la France entière. Il n'en fit qu'une petite partie. C'est à son de trompe, en quelque sorte, qu'il annonce son arrivée. D'innombrables affiches, libellées de la manière la plus séduisante, sont apposées partout, dans les marchés et lieux publics, aux portes des églises, des théâtres, des salles de réunion. On les fait lire au prône ; elles indiquent les avantages proposés aux sujets qui réuniront les conditions requises, à savoir : extérieur agréable, très belle voix, grandes dispositions, intelligence, goût, âme, sagesse docilité, principes moraux et religieux. Voilà ce qu'on lisait sur les murs ; et Choron apportait des imprimés où tout était prévu pour les notes à donner sur les candidats, depuis le diapason de la voix jusqu'à la condition des parents (1).

Un homme ordinaire eût à peine suffi à pareil labeur. Il eût sans scrupule mis dans sa poche les trois ou quatre mille francs alloués pour les voyages de 1819. Personnellement Choron a dépensé en tout 950 francs, et il ne demande pas autre chose que le remboursement de ses frais. Ce n'est pas d'argent qu'il s'agit dans ses tournées. Tout en cherchant de belles voix, il poursuit l'exécution d'un plan qui lui a tenu au cœur toute sa vie. Sans pépinière, on ne peut rien espérer de durable. « Je cherche, écrit-il le 1ᵉʳ août 1819, à organiser partout, aux frais des communes et du ministre de l'Intérieur, des écoles gratuites de musique à la tête desquelles seront placés des hommes zélés, actifs et intelligents. Partout où je séjourne quelques moments, je m'attache à exciter une insurrection musicale… Les écoles fondées selon mes procédés recevront les élèves sans les compter ; les professeurs s'appliqueront à rechercher et à attirer tous les sujets capables de donner des espérances. »

En 1822, trois municipalités seulement, Fontenay-le-Comte (2), Saumur et Rochefort, avaient répondu à son appel.

III

LE DIRECTEUR ; L'HOMME

Jusqu'en 1819, Choron n'avait eu que des enfants sous sa direction. Son école — nous en avons eu le programme sous les yeux — était un pensionnat ne différant des autres que par la part faite à la musique. Sévère pour les qualités physiques, le directeur ne l'était pas moins pour la morale. « J'ai réussi, dit-il, à extirper jusqu'au moindre germe de libertinage », et sans souci des réclamations des protecteurs ou des scènes de larmes des parents, il n'hésitait pas à renvoyer les brebis galeuses.

Que l'on se figure ce que devint cette école après l'invasion des basses-tailles du Nord et des ténors du Midi ! Choron envoyait plus de candidats que ne le

(1) Il écrivait le 25 octobre 1821 : « Je me suis occupé de perfectionner mes procédés de recherche, et je crois être parvenu à un tel degré d'amélioration en cette partie, que s'il existe quelque part un talent, il est impossible qu'il m'échappe. » Il demandait en même temps au ministre de l'Intérieur la permission de visiter, pour ses recherches, les hospices, les écoles de charité, d'enseignement mutuel, etc.

(2) Le 3 mars 1822, le maire de Fontenay-le-Comte institue une école gratuite de solfège : un tiers est payé par le ministre de l'Intérieur, un tiers par la ville, un tiers par la Maison du roi. On donne au professeur 450 francs par an.

comportait le règlement. En attendant, les lits manquaient, et les vêtements aussi. De pauvres diables étaient arrivés de leur province avec les méchants habits qu'ils avaient sur le dos, et l'hiver était cruel pour eux. Dix tombent malades, et le médecin attribue « leur fièvre catarrhale gastrique » à l'insuffisance de leurs vêtements. La Ferté leur fait donner une redingote croisée bleu de roi (1), ornée de boutons d'argent avec lyre. Quelques-uns se découragent ou sont renvoyés chez eux. Un maçon retourne dans son pays ; celui-ci a un gros rhume, il s'est mal soigné, sa voix est compromise ; on le prie de s'en aller ; celui-là reproche amèrement à Choron, qui ne veut plus de lui, de lui avoir fait quitter le petit poste qu'il avait chez Hyde de Neuville, conservateur des domaines et des chasses du roi, et tous demandent un secours ou une indemnité.

Ces adultes savent à peine lire et écrire ; leurs manières sont frustes, leur éducation sommaire : il faut les former, il faut les préserver des tentations qui abondent dans une grande ville. Ils sont menés militairement ; on ne leur passe rien. Pour être sorti sans permission, — il était interdit de sortir autrement que pour le service, — un jeune homme est puni de huit jours de prison ; un Toulousain manque la prière, il est renvoyé, mais cette mesure draconienne était sans doute motivée par d'autres actes. « Un ignoble polisson » est mis à la porte ; à la porte aussi un certain Hirtz, que Choron entretenait à ses frais, et qui répondait à sa bonté en lui escroquant de l'argent. Son père, disait ce triste sujet, et c'était un mensonge, était parti et avait laissé sa famille dans la plus profonde misère.

Parfois, les victimes se vengeaient. Sans donner de détails, Choron, le 5 janvier 1821, parle d'une horrible dénonciation faite par un misérable qu'il a chassé de chez lui pour inconduite. L'affaire n'eut pas de suites. En juin 1825, une autre dénonciation donna lieu à une enquête.

Le 14, Choron informe le directeur des Beaux Arts qu'il a renvoyé Renault, élève insolent, qui met le trouble dans la maison, et a, tout récemment, insulté M\u1d50ᵉ Choron. Il lui a en même temps retiré les fonctions de chef de brigade pour le service du collège Saint-Louis.

Renault avait envoyé à M. de La Rochefoucauld une longue lettre où il se plaignait, en termes violents, du régime matériel de l'école. Six de ses camarades avaient signé avec lui, Wartel — un des préférés de Choron ! — et un certain Dupasquier, qui tout aussitôt, platement et en cachette, se rétracte auprès du directeur des Beaux-Arts.

Quels sont les griefs de ces jeunes exaltés ?

Choron, disent-ils, ne s'occupe pas de l'administration de son école. Il en abandonne le soin « à son épouse, autrefois sa blanchisseuse (2). Cette femme exerce à nos dépens une avarice insupportable (3) sur notre nourriture, notre linge et nos vêtements. La nourriture est mauvaise, malpropre et servie avec

---

(1) Plus tard, l'uniforme fut « l'habit à queue de pie, avec le chapeau à trois cornes ».

(2) C'était exact : Choron avait légitimé des liens anciens.

(3) Ils l'accusaient encore « de spéculer sur les fruits du talent de quelques élèves, et d'obliger Renault et Boulanger, payés à Saint Louis et à Henri IV, — où ils dirigeaient le service de la chapelle, — à s'habiller à leurs frais, en gardant l'argent que donnait le gouvernement pour cela ». Les dénonciateurs ne parlaient pas des gratifications que Choron leur faisait accorder dans certains cas. En 1822, il avait fait obtenir à Boulanger 300 francs pour avoir joué le rôle de l'enfant dans *Camilla*, de Paër.

une parcimonie telle que nous sommes obligés de recommencer à nos frais des repas qui ne peuvent suffire à nos besoins. Nous n'avons, en été comme en hiver, qu'une seule chemise par semaine, et quelquefois il nous est arrivé d'en manquer... Mme Choron, dont les manières et le ton sont au-dessous de l'état qu'elle exerçait précédemment, épuise sur nous toutes les formules d'humiliation et d'injures, etc. Il n'y a dans cette maison aucune espèce d'ordre ni d'administration ».

Il était facile d'incriminer Choron, qui, occupé de ses classes et de ses livres, ne songeait pas assez à la cuisine et à d'autres détails matériels ; mais « les rédacteurs de ces plaintes » oubliaient, comme le disait Dupasquier, les avantages qu'ils avaient comme anciens élèves et les places lucratives que leur maître leur avait procurées.

L'inspecteur général, Turpin de Crissé, vient à l'école faire son enquête. « Mme Choron, écrit-il dans son rapport, paraît très active et économe : elle entre dans tous les détails de la maison et seconde le domestique dans le service de la table. Ce n'est pas là sa place. » Il réunit les coupables, leur reproche cette accusation inconvenante sur la gestion d'un homme honoré de la confiance du vicomte de La Rochefoucauld ; il interroge séparément les élèves ; les plus aigris, Renault et Cahenne, persistent à se plaindre de mauvais traitements, de l'insuffisance de la nourriture et du manque de linge. Les autres regrettent ce qu'ils ont fait.

Ce fut la dernière algarade (1). A partir de cette époque, on ne trouve plus de plaintes du directeur à l'égard de ses élèves, ou de ceux-ci à l'égard de leur maître.

Renault et son camarade se plaignaient de mauvais traitements. Le mot est vague, mais, il faut bien l'avouer, Choron avait la main leste (2). N'était-ce pas avec des soufflets qu'il « donnait de l'âme » à Duprez, et avec une dégelée de coups de poing qu'un certain soir il accueillait un coupable rentrant à onze heures après avoir assisté sans permission, au théâtre du Montparnasse, à la première représentation de *Thérèse ou l'orpheline de Genève ?*

Prompt à frapper, à rabrouer, à lancer le mot pittoresque ou gaulois, il n'est pas moins prompt à revenir de sa colère, à pardonner, à consoler. Il est distrait; il oublie parfois devant quels personnages il se trouve, et se laisse aller à son humeur prime-sautière. Duprez, dans un concert, chante très bien un air de Sacchini, et Choron l'embrasse aux yeux de tout le monde. On répète devant M. de Quélen un *Kyrie* de sa composition, quand, tout à coup, pour une légère faute, il s'écrie : Silence ! voilà un *Kyrie* qui ne vaut pas le diable ; — et l'archevêque ne peut garder son sérieux. Même sans-gêne un jour devant la famille royale, qui rit aux larmes (3).

(1) En 1829, il y eut toute une affaire au pensionnat de femmes : il fallut renvoyer, pour mauvaises mœurs, une certaine demoiselle Girard.

(2) « Sous l'Empire, raconte Duprez, un acheteur se présente chez l'éditeur Leduc avec lequel Choron était associé. La personne demande une fade romance. « Fichue musique ! s'écrie Choron. . — Mais. Monsieur... — Fichue musique ! » — répète-t il, et on en arrive à échanger des coups. » Un jour, dit à son tour Laferrière, rue de Vaugirard, il entend un orgue de Barbarie. « Comment, savetier, dit-il à l'homme qui massacrait sa *Sentinelle*, non content de m'écorcher, « tu m'exécutes en six-huit ?.. » et il joignit le geste à la réprimande. Le joueur perd l'équilibre et va rouler sur le pavé. En voyant les badauds qui commencent à se fâcher, Choron donne quelque chose au pauvre diable et s'esquive. »

(3) A un concert de la rue de Vaugirard, « Duprez chantait avec Mlle Dotti le duo de Renaud

Les dehors sont brusques, mais cachent « une bonté parfaite, un cœur d'or ». « On le craignait, dit Laferrière, mais on l'adorait. Quand on avait vécu deux jours près de lui, c'était pour la vie : on devenait son fils. » « Tu mangeras avec nous, dit un jour Choron à Duprez tout enfant ; tu demeures trop loin pour t'en aller seul. » Et plus tard : « Allons, dès aujourd'hui, tu coucheras chez nous ; on ne m'a pas donné de lit pour toi, mais nous en trouverons un. » A bien d'autres encore il offre l'hospitalité, sans compter avec son maigre budget. Il ouvre volontiers sa bourse, paye la dette criarde d'un imprudent, fait accorder un secours de cinquante francs par mois à Duprez pour qu'il puisse se rendre en Italie ; il donne une représentation au bénéfice d'un élève appelé sous les drapeaux ; enfin, il s'ingénie à caser du mieux qu'il peut ceux qu'il a distingués.

Les images qu'on a de lui, et qui le représentent assez âgé, n'aident guère à le faire connaître. On y voit bien ce front haut (1) dont parle son passeport, mais c'est tout. C'est aux livres qu'il faut demander son portrait. Duprez se contente de dire qu'il avait une taille moyenne, la figure agréable et la physionomie sympathique. Il n'oublie pas de parler de « cette voix impossible » (2). « Cherubini, dit à son tour Elwart, avait une voix exécrable, mais, auprès de celle de Choron, elle avait toute la différence qui existe entre la voix de la colombe et les hurlements du chacal. » Scudo trace de son maître un joli crayon : « C'était un petit homme rondelet, presque entièrement chauve, au visage chiffonné, aux traits délicats et fins, d'une physionomie vive, riante, où se peignait une rare bienveillance ; ses petits yeux étaient remplis de vie, d'esprit et de malice ; il ne marchait pas, il courait, il sautillait, en chantant, sifflant. » Jamais il n'était en repos, dit son médecin, le docteur Descuret, qui, déjà sous l'Empire, était son ami. « Son intelligence bouillonnait sans cesse ; sa langue se refusait, en quelque sorte, à rendre le trop-plein de sa pensée, et le mouvement perpétuel se trouvait dans ses doigts et plus encore dans ses yeux, où venaient se peindre les moindres sensations (3). »

IV

LE PROFESSEUR

« Autrefois, dit Fétis, la méthode suivie par Lainé, Adrien, et tous ces maîtres qu'on appelait professeurs de déclamation lyrique, avait pour effet de détruire les voix dans leur principe par l'ignorance où on était de ce qui concerne la mise de la voix, la vocalisation, et plus encore par l'exagération de force

et d'Armide. Emue par la présence des princes, celle-ci chevrote. — « Je demande pardon au « roi, s'écria tout à coup Choron, mais, Mademoiselle, vous allez me recommencer ça : vous « chantez comme un cor de chasse. » L'autre, atterrée, fond en larmes. « Ah ! dit Charles X avec « bonté, un peu d'indulgence, Monsieur Choron. » — « Bah ! bah ! répondit le maître sans plus de « façons, elle en a l'habitude, Sire, quand elle pleure, elle p... moins. » — Il fut impossible d'achever le duo. » (Laferrière.)

(1) 6 août 1827 : « 54 ans, 1 m. 68, cheveux gris, front haut, sourcils châtains, yeux bleus, bouche et nez moyens, menton rond, visage ovale, teint ordinaire. »

(2) « Je suis la pierre qui aiguise le fer, sans pouvoir couper elle-même, » disait Choron en rappelant un vers d'Horace.

(3) Dans sa jeunesse, il avait eu des crises d'épilepsie. Dans le Dictionnaire Michaud, Fayolle raconte quel moyen il imagina pour se guérir.

qu'on exigeait d'élèves dont la constitution physique était à peine formée. L'émission du son ne se faisait jamais d'une manière naturelle, et la force des poumons étant sans cesse en jeu, les voix les plus robustes ne pouvaient résister à la fatigue d'un travail pour lequel les forces herculéennes d'Adrien avaient été insuffisantes Aussi a-t-on vu pendant plusieurs années que des voix franches et bien timbrées, qu'on n'était parvenu à se procurer qu'avec beaucoup de peine, expiraient avant d'avoir pu sortir de l'École royale de musique (1). »

En 1822, Adrien enseignait au Conservatoire ; depuis 1804 — à trente-huit ans — il avait quitté l'Opéra, la voix brisée pour avoir trop crié. Il succédait à Lainé, qui, après avoir été un premier ténor très ignorant et ridicule, avait été depuis 1817, professeur dans cet établissement. A cette même Ecole royale Lays apportait ses fioritures démodées. Blangini, Gérard, Plantade, Ponchard, y avaient été nommés pour leurs succès dans la romance (2). Garat y figurait, mais à son déclin, ombre d'un nom fameux. Il avait obtenu des triomphes au théâtre et dans les salons ; il avait formé des élèves estimables, mais ce qui lui manquait, comme à ses collègues, c'était l'instruction et la méthode. Tous enseignent ce qu'ils savent, peu de chose, par leur exemple, par routine, mais non par principes.

Ils sacrifient au goût du jour, « au genre vulgaire à la mode », à la romance qui sévit cruellement. Ils imposent leurs productions et non celles des maîtres anciens, « trop sévères, à leur jugement, et ne faisant pas d'effet ». « Ils veulent du fracas et du charlatanisme ; ils sont dépourvus du zèle et de l'activité nécessaires pour obtenir des résultats. » La symphonie est négligée, le solfège mal enseigné. Les élèves ne reçoivent pas de culture générale : ils ne sont qu'un organe, et non des artistes. Ceux qui ont de la voix ne savent pas la musique, et, en criant comme leurs maîtres, ils ne tardent pas à être usés avant l'âge. Dans la maison, pas de discipline, pas de direction. Les jeunes gens font ce qu'ils veulent, et quels progrès espérer, quand, dans une classe de cent cinquante élèves, chacun attend son tour pour chanter ? Or, pendant combien de minutes chacun peut-il chanter ?

Voilà le sombre tableau qu'à maintes reprises Choron trace du Conservatoire (3). Ses critiques n'étaient que trop justifiées. Cet établissement, au moins

---

(1) Cité dans les *Esquisses de la vie d'artiste*, par Paul Smith (pseudonyme de Ed. Monnais), Paris, Labitte, 1844, 2 volumes.

(2) Déjà, en 1815, on avait nommé pour le chant un professeur singulièrement choisi. « M. Berton, compositeur fort distingué, écrit La Ferté au comte de Pradel, n'est nullement maître de chant ; l'art du chant et la vocalisation lui sont totalement étrangers ; rien ne le prouve mieux que les résultats si bien connus à l'Académie royale de musique, où il n'a jamais fait un élève, ni produit un seul sujet, et où ses fonctions étaient pour ainsi dire nominales. » 27 décembre. Dans la même lettre, La Ferté se plaint de l'affligeante pénurie de professeurs.

(3) En 1815, parut, sans nom d'auteur, un petit livre intitulé : *Observations sur le Conservatoire de Paris, dans lesquelles on démontre les vices de cet établissement*, avec l'épigraphe : *Res, non verba*. « Cette pièce est de mon maître et ami, Alexandre-Etienne Choron, je puis l'assurer de la manière la plus certaine » Voilà ce qu'écrivit de sa main, le 9 janvier 1854, Adrien de la Fage sur l'exemplaire que possède la Bibliothèque Nationale. Ce témoignage est bien inutile : tout trahit la main de Choron, ses expressions et ses critiques habituelles. On n'y suit pas le *Solfège d'Italie*. Ce grief dit beaucoup. « Dépenses énormes, esprit de coterie qui fait du Conservatoire une corporation ennemie de tous les talents placés hors de son sein, ignorance crasse des fondateurs, · ces aménités suffisent pour faire reconnaître Choron.

L'Opéra et le Conservatoire furent ses deux bêtes noires « Les mercenaires qui les exploitent aujourd'hui, dans le double intérêt de leurs passions et de leur fortune, ne sont habiles qu'à tout corrompre et tout anéantir ; en leurs heureuses mains, l'or se convertit en plomb, et le

pour le chant, a traversé sous la Restauration une période lamentable. A l'insuffisance des maîtres s'ajoutait l'insuffisance des élèves. En 1826, pour la première fois, les classes de chant furent jugées dignes de premiers et de seconds prix, mais cette décision était dictée au jury par le désir de cacher aux profanes la profonde décadence de cette école. Les examens suivants ne furent pas moins affligeants.

A cette nullité Choron oppose souvent, et non sans une joie maligne, les succès éclatants qu'il obtient chez lui.

Il parle volontiers de l'excellence de sa méthode, mais nous pouvons dire pour lui qu'autant vaut l'homme, autant valent les actes. Il y a des emplois qui demandent des hommes de feu. Choron fut de ceux-là : il croyait en son art, il l'adorait ; et son enthousiasme, il eut le secret de le faire passer dans l'âme de ceux qu'il appelait auprès de lui.

Il est sévère dans ses choix : « Mieux vaut, écrit-il, de bons sujets médiocrement cultivés que de médiocres sujets avec une excellente culture. Cette culture, qui présente beaucoup de difficultés, doit avoir pour but essentiel de communiquer aux élèves la connaissance du matériel de l'art, de former en même temps leur goût, et de développer leur sensibilité. »

Il suit deux méthodes : ou bien il s'agit de former des artistes dès l'enfance, de les couver, ou bien d'improviser des chanteurs.

A ceux-ci est réservée la méthode concertante. L'auteur, dans plusieurs éditions qui portent ce titre, l'expose en détail (1). Il la résume dans une lettre

---

plomb en fumée. » Tel est le langage qu'il tient dans une note qui n'est pas datée, mais qui, d'après le reste, semble être de 1830. La colère lui fait passer les bornes.

Pourtant, il avait insisté avec énergie pour le rétablissement du Conservatoire supprimé par la royauté comme issu de la Révolution et surtout comme coupable de sentiments bonapartistes pendant les Cent-Jours. En 1815, il avait été nommé membre du conseil d'administration de l'École royale ; en 1817, il avait demandé la place de Rogat, professeur de solfège, qui venait de mourir, et qu'il avait suppléé gratuitement pendant deux ans.

Cherubini fut nommé en 1822 directeur du Conservatoire. « Il n'admettait pas, dit Denne-Baron, la possibilité d'une modification ou seulement d'une extension des règles établies. Il eut souvent à ce sujet des discussions très vives avec Reicha et Choron. » Il avait de plus « le caractère difficultueux » ; on connaît celui de Choron. Comment ces deux hommes auraient-ils pu s'entendre ?

En 1823, le Conservatoire se plaignait du traitement de faveur accordé à l'École de Choron. Les succès de celle-ci n'étaient pas faits pour apaiser la mauvaise humeur de l'établissement rival.

« Tu chantes comme au Conservatoire », c'est la plus cruelle réprimande que Choron adressa un jour à un élève « qui braillait à tue-tête », croyant mieux faire que les autres ».

(1) « Le premier objet dont on doit s'occuper est de classer les élèves. Or, il peut arriver deux cas principaux : qu'ils soient tous commençants, ou bien qu'ils soient de force inégale.

Dans le premier cas, on leur impose à tous la série entière des leçons de la première classe, qu'ils chantent l'une après l'autre, d'abord tous ensemble, puis séparément. Parvenu à la fin de cette première opération, on fera un examen ; on maintiendra dans la première classe ceux qui n'auront pas bien réussi, et l'on placera à la seconde ceux qui liront avec facilité les leçons de la première. Une opération semblable conduira à la formation de la troisième classe.

Si les élèves sont d'un degré différent d'avancement, on les classera selon le point où ils seront, ce qu'on déterminera par un examen.

Les classes ainsi formées, on appliquera la méthode à leur enseignement, ce qui comprend les opérations suivantes :

1° Les préliminaires qui consistent à faire battre la mesure avec ses divisions, selon l'indication de la leçon du jour : la vocalisation de la gamme dans le ton de la leçon ;

2° L'étude en mesure de la leçon du jour, qui se fait selon la manœuvre indiquée dans les commandements suivants : I, tous à la première classe : II, première classe seule ; III, tous à la

qu'il écrit à son gendre Nicou le 13 juillet 1833 : « Pour monter un chœur dans une pension de garçons et dans toute réunion d'hommes et de femmes, voici comment il faut s'y prendre. On réunit ensemble toutes les voix d'hommes d'une part, et de l'autre, toutes les voix de femmes et d'enfants. Cette division étant faite, on partage chacun des deux genres de voix en trois classes, savoir : voix basses, comprenant tout ce qui descend au *la* ; voix hautes, tout ce qui monte bien au *mi* ou au *fa* ; voix moyennes, ce qui est entre les deux.

« Cette subdivision étant faite, on met ensemble les voix graves des deux genres, puis les voix moyennes, puis enfin les voix hautes, et l'on forme ainsi trois parties que l'on réunit ensuite pour former le chœur général ; le chœur ainsi formé, on prend quelques voix hautes d'hommes pour chanter le ténor ou quatrième partie. »

Chez les futurs artistes, Choron veut développer à loisir « un talent simple et naturel, le rendre profond et fini » Ses élèves reçoivent, le grec excepté, l'enseignement classique ; ils sont, d'autre part, rompus aux exercices de solfège (1). « On ne peut séparer — erreur commune en France - l'art du chant

seconde classe ; IV, seconde classe seule ; V, duo général ; VI, tous à la troisième classe; VII, trio général ;

3° La récitation en trio par un seul en chaque classe, selon l'ordre établi à l'avance entre les élèves ;

4° Le résumé ou reprise en masse, en accélérant de vitesse, de manière à ce que la durée de la mesure se réduise à la durée d'un temps, dans les mesures à deux ou trois temps, et de deux temps en celle à quatre, en sorte que les divisions du temps en deviennent les subdivisions.

Voilà en quoi consiste cette méthode, qui offre la réunion de tous les genres d'enseignement, individuel, collectif, mutuel et simultané ....Le premier avantage est d'accoutumer, dès l'origine, les élèves à chanter à plusieurs parties, ce qui les force à chanter et en mesure ; le second est que les leçons n'étant point à proprement parler chantantes, mais chantables, ne peuvent pas être apprises par cœur, ce qui conduit les élèves à devenir lecteurs. »

(1) Une double feuille imprimée, non datée, l'*Instruction abrégée sur la conduite d'une école de musique*, permet de se faire une idée de l'enseignement de Choron.

La première classification des élèves est fondée sur la nature des voix et les rapports qu'elles ont entre elles. Suit la définition des voix.

Les classes particulières se forment des voix identiques, c'est à dire des voix à l'unisson ou à l'octave. Vient ensuite la classe générale ou d'ensemble, avec un premier conducteur, un accompagnateur sur le piano ou le violoncelle.

L'enseignement comprend deux genres d'études, les ouvrages scolaires, les ouvrages de style. Les premiers se composent de méthodes et de solfèges.

Dans les classes particulières on suit la *méthode concertante* : avec le solfège en canon de Sabbatini on partage la classe en deux divisions ou chœurs, composés d'un nombre égal de sujets de même force On place les deux chœurs l'un en face de l'autre : le premier chante d'abord seul le numéro de la leçon ; le second le chante à son tour, puis les deux chœurs le chantent en duo, selon la loi du canon. Cela fait, tous les élèves pris successivement deux à deux, un dans chaque chœur, chantent en duo chacun quelques lignes, et l'on termine par l'ensemble, avec des œuvres de Scarlatti, Durante, Bach, Hændel, Palestrina, les chorals allemands et la musique de la chapelle Sixtine. Les ouvrages de chambre et de théâtre, étant plus difficiles, ne doivent venir qu'après, lorsqu'il y a un nombre d'élèves suffisant pour entraîner les faibles.

La classe générale d'ensemble comprend la théorie, le solfège harmonique, les chorals. « On fera chanter la partie de basse seule par tous les élèves qui tiennent cette partie : on en fera autant pour le dessus ; puis on assemblera les deux parties ; on passera de là au bas-dessus ou contralto, qui sera d'abord chanté seul, puis joint ensuite aux précédents. On opérera de même pour la taille. L'ensemble étant ainsi bien établi, on fera dire la leçon en quatuor par tous les élèves pris successivement un à un dans chaque partie, et l'on terminera par un ensemble: choral, pièce de musique d'église, madrigal, pièce de musique de théâtre... »

La leçon la plus importante avait lieu à trois heures ; de là son nom resté fameux chez les élèves: *classe de trois heures*. La récréation devait avoir lieu de quatre à cinq, avant le dîner. Presque toujours, cette récréation était absorbée en grande partie ou même entièrement par les exercices classiques. On n'y chantait pas tout le temps, mais le maître « n'était satisfait que de celui de la musique : le solfège et le chant ne sont qu'une seule et même chose. » Ils sont nourris des grands modèles : « Les études de chant, répète leur maître, doivent être classiques. »

Triés sur le volet, bien doués, sans cesse stimulés par un infatigable directeur, ils se développent individuellement (1) ; ils s'habituent de plus à fondre leurs voix dans un ensemble imposant. « Ils se perfectionnent dans le genre choral » — il faut remarquer ce mot nouveau en 1820 (2), et la chose était aussi peu connue· — Ils font avec leur maître « des recherches théoriques et d'érudition du plus grand intérêt pour l'art dans lesquelles le Directeur est aidé par les élèves les plus intelligents, et qui ne pourraient se faire sans ce secours. »

Nouveauté, travail assidu, méthode excellente, voilà ce qu'on trouve dans l'école de Choron. Nous allons en continuer l'histoire dans sa bonne et sa mauvaise fortune.

V

L'ÉCOLE ROYALE ET SPÉCIALE DE CHANT
(1820-1825)

Dès l'été de 1819, les recrues sont arrivées de leurs provinces ; quelques jeunes filles sont élevées dans le voisinage (3). Enfants et adultes se sont mis à l'ouvrage, et leurs progrès sont rapides (4). En décembre le jury semestriel se réunit pour juger les élèves de l'École primaire. Lesueur déclare spontanément qu'il n'a jamais rien vu de semblable, et que « l'exécution et l'aptitude musicale des élèves qui, au bout de six mois, sont déjà assez musiciens pour lire à première vue », font le plus grand honneur à la méthode de leur maître. Le 5 février suivant, Choron donne un concert où l'on chante les *Lamentations de Jérémie* empruntées à la Chapelle Sixtine. Perne est très satisfait, et Benoît —

quand il avait bien pénétré ses élèves de ses propres sentiments, et il y parvenait toujours par ses réflexions profondes, par sa causerie, pleine de verve et d'originalité. » (Gautier.)

(1) Si tous les élèves de Choron ne sont pas devenus de grands artistes, tous sont restés d'excellents musiciens. (Lemer, *Madame Stoltz*, 1847.)

(2) Ce mot n'a été admis par l'Académie qu'en 1877. Pour le substantif, Littré ne donne pas d'exemple ; pour l'adjectif, il en cite un qu'il emprunte à l'ami de Choron, Adrien de la Fage. *L'Encyclopédie des gens du monde*, 1833-1845, donne seule ce mot dans la première moitié du XIXᵉ siècle, en parlant des chœurs de Goudimel.

(3) Ce n'est que le 23 juillet 1822 que Choron fut autorisé à établir, dans un local séparé de sa maison, un pensionnat de quatre élèves femmes. On lui alloue 1.100 francs pour chacune. — En 1820, on lui donnait 1.000 francs pour chaque élève homme ; en 1821, 1.700 francs.

(4) Études et distribution du temps en 1821. « Les études des élèves portent sur les objets suivants : 1° musique ; solfège et chant ; piano et accompagnement ; 2° gymnastique, danse et escrime ; 3° lecture, écriture et calcul ; 4° littérature, géographie et histoire ; langues française et latine, religion et morale. — A 6 heures en été, 6 h. 1/2 en hiver, lever ; prière en commun, lecture pieuse, catéchisme ; étude des leçons littéraires, confection des devoirs ; 8 h. 1/2, déjeuner, toilette, service de propreté, récréation ; 9 h. 1/2, classe littéraire, récitation des leçons, explication des auteurs, imposition des devoirs ; 11 h. 1/2, repos de quelques instants ; leçon de solfège ou lecture musicale ; 1 heure, gymnastique, dîner, récréation ; 3 heures, écriture, lecture à haute voix, calcul ; 5 heures, leçon de piano et d'accompagnement sur cet instrument ; 6 h. 1/2, goûter et récréation ; 7 heures, leçon de chant, concert de musique vocale, souper, prière et coucher. Dimanches et fêtes, après la messe, congé ; un jour de la semaine, congé de 2 heures jusqu'au soir. »

grand prix de Rome — déclare qu'il ne voyait pas la moindre différence entre l'exécution de ces jeunes gens et celle des Italiens. Un mois après, à Notre-Dame des-Victoires, l'École fait entendre le *Miserere* d'Allegri (1). Déjà, à cette époque, Choron annonçait son désir d'attacher son école à une église de Paris ; cela, dit-il, lui devient impossible, faute de moyens ; ses élèves sont trop peu nombreux, – vingt-six en tout, — les chœurs des paroisses trop inexpérimentés, et enfin les attaques continuaient contre lui, sourdes et répétées.

Le 27 juillet 1820, La Ferté écrit à Pradel : depuis l'origine, l'École a coûté fort cher, et n'a rien produit (2). C'est l'avis de Cherubini, de Viotti — qui n'aiment pas Choron ! Qu'avec un traitement double, dit l'intendant des Menus, on le nomme professeur de chant à l'École royale.

Choron se défend énergiquement : il a fourni au Conservatoire, à la Chapelle du roi (3), aux théâtres royaux, d'excellents sujets, et, grâce à ses voyages, les paroisses de Paris ne se plaignent plus, comme naguère, de la difficulté qu'elles avaient à trouver des chantres.

Le ministre ne se laissa convaincre qu'au début de 1820. En juillet 1819, La Ferté écrivait que l'École primaire ne servait à rien. Le 5 janvier suivant, le marquis de Lauriston déclare que quatre années d'essai ont suffisamment justifié les espérances qu'on avait conçues de l'École primaire de chant, établie provisoirement en 1817, et qu'ainsi le temps est venu de donner à cet établissement une organisation définitive. Il recevra seize élèves, quatre adultes et douze enfants, qu'on préparera, pendant deux ans, à recruter les chœurs de l'Opéra et des chapelles royales. Il prendra le nom d'École royale et spéciale de chant. L'année suivante, on ouvrira un pensionnat pour les futures cantatrices.

Officiellement, Choron n'a que vingt-quatre élèves des deux sexes (4). Il ouvre à ses frais un externat où il admet gratuitement les enfants des quartiers voisins ; il recrute les belles voix qu'il rencontre, loge et entretient comme il peut les nouveaux sujets. Le 3 février 1823, il annonce au comte de Pradel qu'il est en mesure de lui offrir une troupe complète d'opéra, composée de plus de quarante individus et très supérieurs à tout ce que possèdent les établissements royaux « On pourrait en doubler facilement le nombre, et mettre 3. E. en mesure de régénérer entièrement le chant de l'Opéra, le style et le répertoire, le personnel, les rôles et les chœurs, avec une économie de quatre cent mille francs, et cela, en améliorant le service. »

(1) « Le premier jour, le chœur de la paroisse, qui n'était point au fait, a occasionné de la cacophonie, et cette exécution n'a pu être considérée que comme une répétition moins bonne que celle qui l'avait précédée ; celle du lendemain n'a rien laissé à désirer. »
Les théâtres royaux devaient, pour les rôles d'enfants, s'adresser à l'École. Choron se plaint parfois de la mauvaise volonté des directeurs.
Le 19 décembre 1820, Choron écrit au comte de Pradel que la veille, à une représentation d'*Athalie* au Théâtre-Français, Boulanger, de la Gastine et Duprez ont exécuté un trio placé au troisième acte. « Le chant de ces jeunes gens n'a rien laissé à désirer pour la pureté, le goût et l'expression. »
(2) De 1817 à 1820 inclus, la moyenne d'entretien des élèves avait représenté 16.000 francs par an
(3) « L'École royale et les pages de la musique du roi sont peuplés de nos rebuts, qui y tiennent les premiers rangs. »
(4) Après l'assassinat du duc de Berry, l'Opéra fut transporté dans la petite salle Favart ; dès lors, on ne songea plus à augmenter les choristes, et l'on pria Choron de rentrer dans les limites de la première institution ; mais il ne fut jamais homme à se contenter d'un nombre réduit d'élèves.

Dès la fin de 1822, il fait exécuter « avec une rare perfection » le *Barbier* de Rossini ; en 1823, ses élèves (1) font partie des chœurs réunis pour le service funèbre de Garat ; en 1824, ils donnent, à la salle Louvois, l'*Armide* de Gluck. « On convint que jamais chœur n'avait chanté avec plus d'ensemble. » A l'École polytechnique (2), aux Collèges royaux Saint-Louis, Louis-le-Grand, Henri IV (3), l'École est chargée du service de la Chapelle. En vertu d'un article du règlement, elle se fait, à partir de 1824, entendre tous les dimanches à l'église de la Sorbonne (4).

L'institution prospère : Choron a le vent en poupe. Le 24 novembre de cette dernière année, le directeur des Beaux-Arts visite l'École. Quatre-vingts élèves des deux sexes, de six à vingt-cinq ans, sont rangés suivant la classification méthodique des voix. Un seul piano accompagne et soutient le chant. Choron dirige sa troupe. On joue l'ouverture des *Bardes* de Lesueur. « L'exécution, toute de mémoire et sans bâton de musique, est ferme et animée, et les rentrées sont très bien faites. » L'exécution des duos, des trios ou des autres chœurs n'est pas moins remarquable. M. de La Rochefoucauld est enchanté ; il promet à Mlle Dotti de la faire entrer, le 1er janvier suivant, au Théâtre-Italien ; il annonce au directeur « son intention d'étendre l'établissement, et d'en tirer tout le parti possible ».

Revirement soudain ! Des dénonciations ont été faites contre Choron, et M. de La Rochefoucauld lui dit « qu'elles ont fait impression sur son esprit ». En janvier 1825, il veut réunir l'École de chant au Conservatoire. Choron refuse : tout va sombrer. Comme lui, les élèves se découragent : « Chacun tire de son côté, et, en peu de semaines, l'établissement se trouve totalement dissous et désorganisé. »

(1) En 1820, comme pensionnaires ou demi-boursiers, il y a dix-neuf élèves à l'École ; Monpou, Duprez, O. de la Gastine, Batiste, sont toujours là ; les autres noms sont obscurs.

Le 31 octobre 1823, l'École comprend vingt-quatre élèves, dont six femmes, au nombre desquelles Mlle Duperron, qui fut épousée par Duprez. Parmi les hommes, quelques-uns furent des chanteurs estimables, Bonnecarrère, Marié, futur père de Mme Galli-Marié, Sirand, Vermeulen ; d'autres, de bons professeurs ou des compositeurs. Guerrier, qui enseigna à Caen, Nicou, qui épousa Alexandrine Choron, et enfin Scudo, « très bien comme physique, grande taille, caractère, ardeur, élévation, baryton, forte demi-bravoure, excellent musicien ».

(2) Le comte de Bordesoulle, qui était à la tête de l'École polytechnique, avait écrit le 10 décembre 1824 à La Rochefoucauld pour le prier d'autoriser Choron à envoyer à la Chapelle quelques-uns de ses élèves.

(3) Le 4 novembre 1824, les deux aumôniers de ce collège, deux futurs évêques, Salinis et Gerbet, dans un certificat, expriment toute leur satisfaction et demandent que le service de la Chapelle soit fait de même dans les autres collèges royaux. Auvray, le proviseur, tient le même langage.

(4) « Une réunion de toutes les brigades — des élèves qui dirigeaient le service dans les différentes chapelles — se fera en l'église de la Sorbonne, qui va devenir le point central des opérations commencées pour la restauration de la musique ecclésiastique. Cette même masse formera le noyau d'une société de musique religieuse, dont l'organisation se prépare. » Lettre de Choron du 9 novembre 1824.

En 1822, Choron proposait déjà d'organiser un chœur dans cette église. Son mémoire manuscrit s'inspire des idées du temps ; l'art ne vient qu'au second rang : « L'église de la Sorbonne doit servir à réunir les élèves les plus distingués des hautes classes des collèges de l'Université, les étudiants des facultés de l'Académie de Paris, à l'effet de leur inspirer le goût des exercices religieux et de les disposer à recevoir favorablement les instructions qui seront administrées dans ces réunions... Le premier soin que l'on doit prendre est de trouver un moyen de donner à cette organisation des cérémonies religieuses une disposition telle qu'elle présente un résultat en même temps agréable et édifiant. »

VI

INSTITUTION ROYALE DE MUSIQUE RELIGIEUSE
1825-1830

Pourtant, le vaisseau est remis à flot. Sur la demande de Choron, l'établissement devient une école de musique religieuse. On formera « des sujets pour les églises, et aussi des professeurs chargés d'enseigner le chant et l'art musical ». Les élèves sont en nombre insuffisant. Qu'à cela ne tienne ! le directeur en appellera d'autres, et les entretiendra de ses deniers (1). Comme toujours, il élargit le cadre, et il se propose bientôt d'exécuter en public les principales compositions de musique religieuse.

Voilà, de 1825 à 1831, le beau temps de l'École. Choron continue à faire entendre ses élèves à la Sorbonne, et, à partir de 1827, chez lui, dans des concerts auxquels assistent, parfois avec la famille royale (2), les premiers artistes et une société d'élite. L'École est une ruche toute frémissante d'activité ; les encouragements, les éloges viennent de toute part : elle est un laboratoire, un magasin où l'on trouve à son choix, comme le dit un prospectus, artistes et musique. « Elle fournit aux cathédrales, paroisses et chapelles, des maîtres de chant, chantres, enfants de chœur, musiciens, organistes, professeurs pour les maisons d'éducation des deux sexes ; elle procure des œuvres de musique religieuse en tout genre, françaises et étrangères, instruments d'église, tels qu'orgues (3), serpents, etc. ; elle entreprend de gré à gré la composition de toute sorte de musique d'église, plain-chant, contrepoint, messes, motets, etc., » — et l'on invite les personnes qui connaîtraient de belles voix à en informer le directeur (4).

L'archevêque de Paris visite l'Institution, et se déclare enchanté. A certaines cérémonies, on fait appel à Choron et à ses élèves ; en mars 1827, l'évêque de Nancy demande qu'ils se fassent entendre à Saint-Sulpice, avant et après sa prédication. Le 5 janvier de la même année, à la prière de l'abbé de Rauzan, ils avaient chanté à Sainte-Geneviève devant le roi, et Charles X avait félicité le savant maître. Le supérieur des religieux de la Charité s'adresse à lui pour un salut que doit suivre une quête, et il n'est pas jusqu'au maire de Saint-Cloud qui ne veuille l'avoir pour la procession de la Fête-Dieu, en juin 1828. L'École se

(1) En 1826, il a huit bourses à ses frais, et garde ceux qu'il trouve bons.

(2) Le 29 janvier 1825, Charles X visite l'École polytechnique avec le Dauphin, des ministres et l'archevêque. Pendant que le roi est en prières, Marié et Guerrier exécutent l'*O salutaris* de Neukomm, puis tous les élèves de l'École de musique chantent un *Domine, salvum fac*, composé par Choron, qui, à l'issue de la cérémonie, le présente à Charles X.

(3) Les organistes manquant en France, Choron est obligé « d'établir avec l'Allemagne et l'Italie des liaisons au moyen desquelles il puisse se procurer ceux qui peuvent être demandés. »

(4) Budget proposé pour 1827 : 42.500 francs. Un professeur d'humanités, surveillant général : 1.500 francs ; un accompagnateur : 800 francs ; un professeur d'harmonie et de contrepoint : 720 francs ; un professeur de violoncelle : 600 francs ; de violon : 800 francs ; un répétiteur de chant pour hommes, nourri et logé : 400 francs ; un répétiteur de solfège et chant pour femmes : 1.200 francs.

Recettes : Service de l'église de la Sorbonne : 6.000 francs ; exercices (concerts rue de Vaugirard) : 6.000 francs ; services divers : 1.000 francs.

Projet de budget pour 1829 : 46.000 francs. — Choron avait demandé un professeur d'italien et un aumônier.

fait également applaudir dans le monde, chez le comte Siméon, ministre de l'Intérieur, chez le directeur des *Débats*, dans le salon de la comtesse Merlin, chez Mme Erard, chez Mme Orfila (1).

C'est en 1827 que Choron ouvre la salle qu'il a fait construire rue de Vaugirard. Dès l'hiver précédent, il avait établi dans l'église de la Sorbonne des concerts spirituels, six avant et six après le Carême : pas une place ne restait libre. Il y dirigeait l'exécution des « morceaux de musique classique, qui, en raison de leur genre, de leur forme ou de leur étendue, ne pouvaient s'appliquer aux besoins ordinaires du culte ».

Le succès fut très grand. Choron charmait ses auditeurs et il les instruisait. Il offrait à leur admiration les maîtres français anciens et les plus belles œuvres étrangères des deux siècles précédents. Jamais le public ne s'était trouvé à pareille fête (2).

A partir de 1827, des exercices ont lieu dans la salle de la rue de Vaugirard pendant six mois de l'année, le jeudi, de quinzaine en quinzaine. Dans chacun d'eux, il y a deux parties : 1° des motets, psaumes et cantates ; 2° des messes solennelles, des oratorios à grand chœur : Hændel, Haydn, Hammel, Palestrina, Marenzio, B. Marcello, Clari, Porpora, Durante, Leo, Jomelli, Monteverde, Loti, Scarlatti, etc., tels sont les noms qui figurent sur les programmes. A la Sorbonne, où ont toujours lieu les exercices habituels, on entend Hændel, Bach, Jomelli, Mozart, Haydn, Scarlatti.

Choron donne chez lui son premier concert. Dans la première partie, on

---

(1) Il est inutile de donner, pour cette période, la liste des élèves de Choron. Beaucoup ont été jadis distingués ou utiles comme artistes ou professeurs, mais ils sont oubliés. Quelques-uns se firent remarquer : le chanteur Wartel, « qui sut seul interpréter les mélodies de Schubert » ; Canaple, « à la voix fraîche et pure » ; Adrien de La Fage, qui a écrit toute une bibliothèque musicale ; Dietsch, professeur d'orgue chez Choron, compositeur qui fut pendant trois ans chef d'orchestre à l'Opéra, puis maître de chapelle à la Madeleine ; Le Prévost, qui tenait l'orgue à la Sorbonne et qui a laissé d'estimables compositions religieuses (il fut organiste dans plusieurs églises de Paris, et en dernier lieu à Saint-Roch) ; Malliot, ténor en province, puis professeur de chant à Rouen, auteur d'un ouvrage intéressant: *la Musique au Théâtre* ; Aimé Maillart, l'auteur des *Dragons de Villars*, opéra comique qui inaugura le 19 septembre 1856 le troisième théâtre lyrique, ouvert par Adolphe Adam.

Rosine Noël, plus tard Mme Stoltz, avait été, grâce à la protection de la duchesse de Berry, élevée au couvent des Bénédictines de la rue du Regard. Comme l'enfant montrait beaucoup de goût pour la musique, on la conduisait tous les jours, dès l'âge de sept ans, à l'école de Choron.

« Ce que recherchait ce maître dans les enfants dont il avait à s'occuper, c'était bien moins les moyens purement vocaux, les qualités matérielles, si l'on peut s'exprimer ainsi, que l'intelligence et l'organisation artistique, et il lui arriva de prendre au nombre de ses élèves plusieurs sujets qui se sont illustrés, il est vrai, mais tout autrement que comme chanteurs. La grande tragé-dienne Rachel en fut un exemple. Tout enfant, montée sur une table comme sur un théâtre, elle récitait des vers où paraissait déjà cette expression profonde qui l'a faite célèbre. Choron lui reprochait seulement d'avoir la voix enrouée. Laferrière passa aussi quelque temps au pensionnat et, s'il y brilla fort peu dans les classes de musique, en revanche, lorsqu'il récitait quelque fragment de pièce, ses gestes animés, sa voix chaleureuse, la passion de son débit, faisaient prévoir ce qu'il serait un jour. » (Duprez.)

(2) « Il est bien tard pour parler des concerts spirituels : tout le monde sait qu'ils ont été ennuyeux, mal composés, mal dirigés. » (*Le Globe*, 1er avril 1826.)

Nous avons retrouvé les programmes préparés par l'Opéra pour les quatre concerts de la Semaine sainte de l'année 1821. Voici le premier (16 mars), avec ses indications incomplètes :

1° Symphonie d'Haydn ; 2° *Ave verum*, de Mozart ; 3° Solo d'instrument ; 4° Air ou duo ; 5° Solo d'instrument ; 6° *Judicabit*, de Paesiello ; 7° Ouverture de *Sargine*, de Paër ; 8° Air ou duo ; 9° Solo d'instrument ; 10° Hymne de Mozart.

Sur les trois autres programmes figurent les noms suivants : Pergolèse, Haydn, Winter, Vogler, Paër.

exécute le *Splendente te, Deus*, motet de Mozart chanté en chœur par tous les élèves ; le Psaume cxxxii, *Ecce quam bonum*, à quatre voix d'hommes, musique de l'abbé Vogler ; *Insanæ et vanæ curæ*, motet de Haydn, avec tous les élèves ; dans la seconde, la *Naissance du Messie*, de Hændel.

Pour ses exercices de 1829-1830, « outre les plus belles pièces déjà entendues », Choron inscrit sur son programme : Hændel, *Samson*, le *Réveil des Israélites* ; Emmanuel Bach, *Résurrection* et *Ascension* ; Scarlatti, *Messe des morts*, un psaume de J.-S. Bach.

Voilà des noms illustres (1) ; ajoutons-y ceux des maîtres anciens qu'il avait publiés ou qu'il faisait étudier dans son école ; n'était ce pas là tout un domaine inconnu où Choron s'établissait en vainqueur ? Les critiques du temps applaudissent bruyamment à ses succès, et tout haut, ils accusent d'incapacité, sur le même terrain, deux grandes institutions, l'Académie de musique et le Conservatoire.

« Félicitons M. Choron, écrivait Fétis, de ce qu'il a révélé aux administrateurs de l'Opéra qu'il existe d'autre musique religieuse que le *Stabat* de Pergolèse, et les deux ou trois autres morceaux qu'on exécute médiocrement avec une constance héroïque depuis vingt-cinq ans, et qu'on peut composer un concert spirituel avec d'autres morceaux que des airs bouffes. »

Le même critique faisait sans réserve l'éloge de l'Institution : « Le choix de la musique, l'exécution des masses, le sentiment musical, tout y est bon. » En février 1827, il a assisté à un des concerts, et il en est ravi « : Exactitude rigoureuse de mesure et d'intonation, une grande fermeté d'ensemble, un sentiment unanime des nuances et une prononciation parfaite, moyen certain d'expression, telles furent les qualités qu'on remarqua, et qui frappèrent vivement l'auditoire. Ce n'est pas une des choses les moins étonnantes de cet établissement que d'entendre cent chanteurs qui exécutent un long morceau, *Alla riva del Tebro*, de Palestrina, à voix soutenue, sans accompagnement, et qui finissent dans le ton où ils ont commencé avec une justesse prodigieuse. »

Choron triomphe ; « il a vengé l'honneur national et prouvé que, dans cette partie, les Français pouvaient égaler les nations les plus renommées de l'Europe », enivré de sa victoire, il devient agressif. Voici ce qu'il fait imprimer dans un prospectus contenant le programme de ses exercices pour 1829-1830 :

« De toutes les réunions musicales, ce sont les seules en France où il soit possible d'entendre les ouvrages que nous venons de désigner, et, parmi celles du même genre existantes en France, celles où ces ouvrages sont exécutés avec le plus de perfection. Nous avons pour garants de cette double assertion, d'une part, les tentatives infructueuses faites récemment par les principaux établissements de la capitale pour parvenir à l'exécution de ces mêmes ouvrages, et de l'autre, le témoignage d'artistes étrangers de la plus haute distinction. En portant à un degré de perfection, inconnu jusqu'alors, l'exécution des ensembles de chant et de masses vocales, l'Institution s'est assuré, sous tous ces rapports, un privilège qu'elle doit à la direction donnée par elle aux études, à la supériorité de ses méthodes et du régime de son enseignement. »

(1) Quelques modernes figurent sur les programmes de Choron : Neukomm, dans lequel il aimait l'élève de Joseph et de Michel Haydn, et auquel il dédiait à ce titre sa *Méthode d'Harmonie*, publiée en 1830 ; Cherubini, avec son *Lauda, Sion*, etc. ; Aiblinger, maître de chapelle du roi de Bavière, etc.

Il désignait assez clairement ses éternels ennemis, l'Opéra (1) et le Conservatoire. Dans les dernières lignes, il dépasse la mesure. En 1828, l'Opéra donna la *Fête d'Alexandre* de Hændel ; ce fut, dit-il, « une horrible cacophonie ». Même échec quand la Société des concerts du Conservatoire s'essaya sur l'*Alleluia* du *Messie* du même compositeur. « Cette pièce, qui excitait des transports parmi les auditeurs des concerts de la rue de Vaugirard, ne parut que ridicule, insignifiante..., tandis que la partie instrumentale était exécutée avec toute la perfection désirable (2). »

Cette fois, le ministère se fâcha, et Choron fut prié de retirer et d'anéantir ses prospectus. On comprend, on excuse ce mouvement d'orgueil quand le maître avait tant de motifs pour être fier de ses élèves. En vertu des règlements, il s'enferme « dans le genre ecclésiastique » ; mais, comme il l'écrit avec tant de justesse : « qui peut le plus peut le moins ; or, ce genre, tel que nous nous proposons d'en établir l'enseignement, est bien supérieur, pour le mérite et les difficultés, au genre dramatique et au genre communément usité »

Ceux qu'il a formés avec la musique d'église sont devenus des artistes ; leur voix est bien posée ; l'art a perfectionné leurs moyens naturels, leur intelligence a été développée : rompus à tous les secrets du métier, ils seront utiles partout. Beaucoup se tournent vers le théâtre : ils s'y distingueront ; quelques-uns y brilleront au premier rang.

Cette désertion, voilà ce que ne peut supporter La Ferté, qui n'a pas désarmé. Dans une lettre du 1er janvier 1829, il se plaint que le plus grand nombre des élèves entrent au théâtre, et il réclame la suppression de l'École. Il sait trop bien qu'il va contre le sentiment public, aussi ajoute-t-il : « On ne peut mettre en doute que ce directeur n'ait jamais agi que dans de bonnes et louables intentions ; on ne peut lui reprocher que de s'être laissé entraîner par son zèle et son amour pour l'art qu'il professe, et aucun intérêt ne l'a jamais guidé », et il conclut en demandant une pension pour celui qu'il essayait de frapper dans l'ombre.

VII

L'INSTITUTION ROYALE DE MUSIQUE CLASSIQUE
1830-1834

Ce que réclamait un ennemi, la Révolution de Juillet l'accomplit. Cette fois, c'était le coup de grâce. L'École, que son nom peut-être rendait suspecte au nouveau régime, cessa de figurer au budget, et le directeur fut mis à la retraite avec une pension de douze mille francs (3).

Choron feint de considérer cette somme comme une subvention ; il multiplie

---

(1) L'Opéra avait peu de succès à cette époque. « Il a vu sa grande salle pleine la semaine passée, phénomène assez rare depuis longtemps. » (*Journal du Commerce*, du 27 février 1826.)

(2) 29 mars 1829. Voici le programme du concert de ce jour : 1° Ouverture d'*Obéron*, de Weber ; 2° Air tiré de l'*Hymne de la nuit*, de M. Lamartine, musique de M. Neukomm, chanté par M. Wartel ; 3° Solo de cor, par M. Mongal ; 4° Symphonie en *la* de Beethoven, redemandée ; 5° Chœur de Weber ; 6° Solo de violoncelle, par M. Franchomme ; 7° l'*Alleluia*.

(3) La liste civile, réduite de moitié, ne put conserver la charge des théâtres royaux, et, par suite, cette administration fut distraite de la Maison du roi.

les démarches pour obtenir le maintien de son établissement. Il s'appelle désormais Institution royale de musique classique. On y étudie les œuvres anciennes et modernes, sacrées et profanes. « Elle remplit les fonctions d'un véritable Conservatoire dans toute l'étendue du mot : elle est, par rapport à la musique et aux autres établissements, ce que le Musée et la Galerie des Antiques sont dans les arts du dessin relativement au Salon d'exposition des ouvrages modernes. »

Le directeur crie misère ; il frappe à toutes les portes. On lui a dit que le roi s'intéressait à sa position : vite, il écrit en haut lieu, et on lui répond sèchement qu'il n'y a rien de vrai dans ce bruit. Il s'adresse à Thiers. Le ministre veut bien l'aider, mais, le budget étant réglé pour 1833, il ne peut promettre une subvention que pour l'année suivante. Choron porte ses plaintes jusqu'à la Chambre des Députés ; il fait imprimer un Mémoire — non daté — qu'il envoie à la Commission du budget. « Il est victime d'un déni de justice. » En 1827, pour faire construire chez lui une salle de concerts, il a avancé une assez grosse somme ; le ministre d'alors s'est reconnu son débiteur, et le contrat, qui lui accordait, pour se rembourser, le produit des exercices, portait qu'il aurait droit à une indemnité, s'il était troublé dans sa jouissance. Rien ne lui a été payé : ses douze élèves, sa famille, ses employés, ses domestiques, doivent vivre avec ses douze mille francs. Il suffit encore à tout « avec son propre argent », mais bientôt, dit-il en terminant, « l'épuisement de tous mes moyens ne me laissera d'autre perspective que la misère la plus profonde. Voilà, je le répète, le fruit de tous mes travaux, la récompense de tous mes services ».

Et pourtant, il ne se décourage pas ; la vieillesse ne peut rien sur son activité. A-t-on besoin de lui ? il reprend son bâton de voyageur et se met en route.

Le nouveau gouvernement avait supprimé les allocations pour chœurs et psaltistes. Les évêques s'adressent à Choron pour qu'il avise aux moyens de sauver le chant d'église menacé par cette mesure. Deux fois, en 1833, il se rend dans les diocèses de l'Ouest ; il visite les villes, grandes ou petites, les cathédrales, les couvents, les séminaires, et partout, avec une incroyable rapidité, il accomplit ses prodiges habituels. Un soir, il arrive à Pons à 6 heures ; à 7, « toute la maison — un collège ecclésiastique — composée de cent quarante personnes, chante un chœur admirablement », et toujours d'après la Méthode concertante. Même succès à la Rochelle, avec quatre-vingt-dix personnes. A Angers, « le chœur chante parfaitement bien l'Office entier de saint Jean : toute la ville est dans l'étonnement ». A Nantes, il espère avoir sous peu « un chœur de huit cents à mille chanteurs : c'est une croisade, tout le monde veut en être (1) ». Ce labeur ne suffit pas à Choron : il trouve le temps de composer et d'arranger beaucoup de cantiques, et aussi des couplets pour une distribution de prix ; et partout il apporte des copies de musique, bientôt en nombre insuffisant.

A Paris, ses concerts continuaient, et ils réunissaient autant d'auditeurs qu'avant 1830, mais les élèves étant peu nombreux, il fallait payer des auxiliaires, et ces frais absorbaient tous les bénéfices. « Notre établissement marche à merveille », écrivait-il le 20 mars 1832 (2) ; oui, mais il faisait flèche de tout bois.

---

(1) Lettres adressées à son gendre ou à sa fille.

(2) « Je suis de nouveau alité, arriéré dans toutes mes dépenses. Je vous conjure, écrit-il à un ami, de venir à mon aide. Je ne sais à quel saint me vouer. » 18 avril 1834. « Je n'obtiens des résultats qu'au prix de sacrifices qui m'épuisent. » 25 avril 1834.

L'École gagnait un peu à chanter dans les églises, et aussi, triste retour après les triomphes de la Sorbonne, au Tivoli d'hiver (1), où, à partir de 1830, elle donne trois fois par semaine de grands concerts de musique classique (2).

Choron, dans cette dernière période de sa vie, revient à ce qui fut l'objet de sa préoccupation constante, à l'enseignement du chant dans les écoles primaires. Il l'a organisé rue Barbette et au Gros-Caillou ; il veut l'introduire dans l'école de la rue de l'École-de-Médecine et dans celle de la rue Madame ; il est en pourparlers avec le préfet de la Seine et les maires de Paris pour la faire pénétrer dans tous les établissements de la ville.

En 1833, Guizot, ministre de l'instruction publique, l'autorise « à faire dans l'Université, et pour commencer, à l'École normale d'instituteurs à Versailles, l'essai du système vocal dont il est l'inventeur ». Le jeudi 17 octobre, Choron se rend dans cette ville ; le succès est stupéfiant. « Une heure a suffi pour mettre en état de chanter un chœur à plusieurs parties, avec beaucoup de justesse et d'ensemble, une masse de soixante élèves professeurs, auxquels a été adjoint un nombre égal d'enfants de l'école élémentaire y annexée. » (*Moniteur universel.*)

Le lendemain, presque dans les mêmes termes, il fait part à Guizot de son triomphe. Il ajoute : « C'est à peu près la quarantième expérience de ce genre que je fais depuis le commencement de cette année, et toujours avec le même succès. Quelques semaines me suffiraient pour mettre cette même masse, ou toute autre, fût-elle dix fois plus nombreuse, en état d'exécuter les compositions les plus difficiles, ou bien, en restant dans le genre simple, pour populariser et étendre indéfiniment la pratique du chant à plusieurs parties. »

Et il revient à son vieil ennemi, le Conservatoire ; il adresse encore de vives critiques à cet établissement (3). « S'il vous plaît, dit-il en terminant, de placer sous mon autorité toutes les parties de l'enseignement du chant du Conservatoire, je m'engage à mettre, avant l'ouverture des concerts de cette année, toute la masse des exécutants en état de rendre parfaitement les parties les plus difficiles de ce répertoire. »

Il semble que l'imagination de Choron s'exalte de plus en plus, à mesure qu'il approche de sa fin. Jusqu'à ce jour, il avait vu grand, il va maintenant jusqu'au gigantesque. Il forme le projet de prendre à l'entreprise l'enseignement du chant dans toutes les écoles de Charité de Paris. Chaque année, il réunira tous les enfants pour donner, à tour de rôle, un concert au bénéfice des indigents de chaque arrondissement ; une ou deux fois par an, « la réunion générale de tous les enfants de Charité donnera au Champ-de-Mars un concert au bénéfice des indigents de la ville de Paris. Peu m'importe le nombre : fussent-ils quarante ou

---

(1) Rue de Grenelle Saint-Honoré. Déjà, en 1825, on y donnait des concerts d'amateurs. Le Tivoli d'été était rue Saint-Lazare. « Égaré certain soir d'août dans ces jardins, un journaliste y aperçoit Choron escorté de ses vingt élèves, et le désigne aux promeneurs. Entouré, supplié, le maître consent à organiser un concert dans lequel ses intéressants virtuoses font merveille » Martinet, *Histoire anecdotique du Conservatoire*, s. d.

(2) Le 29 mars 1833, on donna au Théâtre-Italien une soirée au bénéfice de l'École.

(3) Son dernier écrit est consacré au Conservatoire : *Considérations sur la situation actuelle de l'Institution royale ou Conservatoire de musique classique, et sur la nécessité de rendre à cet établissement les moyens propres à lui faire atteindre le but pour lequel il a été créé*, 1834, in-4° de 8 pages.

cinquante mille, je les ferai marcher ensemble à plusieurs parties : je suis sûr de mon fait. »

Au milieu de ces longs espoirs et de ces vastes pensées, en janvier 1834, une grave maladie — une inflammation intestinale, compliquée d'une pleurésie aiguë (1) — vint condamner au repos le corps de Choron, mais non son esprit. Calme devant la mort, il se joue au milieu de ses souffrances. « En raisonnant mon affaire, dit-il à son médecin Descuret, je suis parvenu à mettre ma respiration en harmonie avec ma douleur de côté ; j'ai même coordonné le rythme de ma respiration avec mes quintes de toux. » Il donne ses dernières pensées à son École bien-aimée, et, deux jours avant d'expirer, il dicte à son fils « une lettre qu'il adressait à l'administration des Beaux-Arts, et dans laquelle il exposait, avec sens et clarté, ce qu'il y avait de mieux à faire pour la maintenir, et tirer le meilleur parti possible de tous ses travaux ».

Deux fois, sur son lit de mort, il composa en latin l'épitaphe qui a été gravée sur sa tombe. Sur deux petites feuilles de papier, où l'écriture, toujours lisible, n'a plus la fermeté d'autrefois, il écrivit : *Obiit die..... junii ; obiit die..... julii.* La mort choisit le 24 juin (2).

Ainsi disparaissait l'homme, et avec lui, tombait pour toujours l'édifice dont il soutenait les ruines depuis quatre ans. « Il est impossible, écrivait Berlioz en 1836, de ne pas éprouver un véritable serrement de cœur en songeant aux longs efforts que cet infatigable et courageux artiste a faits toute sa vie pour introduire à Paris, et de là en France, le sentiment de la grande musique, et en leur comparant les déboires cruels et la triste fin qui en ont été le prix. Choron n'était point un spéculateur : c'était un artiste dans la haute acception du mot. »

Artiste, il le fut par le désintéressement, par l'enthousiasme, par sa passion pour les grands modèles.

Artiste, il chercha des natures d'élite pour donner aux plus belles œuvres les interprètes les mieux doués et les plus savants.

C'est là ce qui le distingue de ceux de ses contemporains qui essayèrent comme lui de rendre populaire l'enseignement de la musique.

De ceux-là, nous ne rappellerons que le nom de Wilhem (3). Il convient d'accorder un souvenir à celui qui, pour initier à la musique les enfants du peuple, n'épargna aucun effort et mourut à la tâche. Il se proposait, comme dit un de ses biographes, « de s'élever de rien à quelque chose, et d'appliquer l'enseignement mutuel à une langue dont les signes mystérieux étaient expliqués dans une série de tableaux. Avec une infatigable patience, il dressa toute une

(1) Il fut soigné à Sainte-Périne, puis ramené chez lui.

(2) Il fut enterré le 1er juillet au cimetière Montparnasse. Sa tombe, en bon état, existe toujours. Ce modeste monument, élevé par souscription, est ainsi décrit dans les *Richesses d'art de la France, III, Monuments civils* : Stèle quadrangulaire, en marbre avec fronton sur les quatre faces, et que domine une croix sans socle. Cette stèle est posée sur une dalle tumulaire, à surface plane, en pierre de Châtillon, entourée d'une grille. Dans ce tombeau reposent sa femme, sa fille et son petit-fils, mort en 1854, à dix-neuf ans.

Le 8 août suivant, ses élèves firent célébrer à sa mémoire un service aux Invalides. On y exécuta le *Requiem* de Mozart, et l'*Alla riva del Tebro*, de Palestrina.

Duprez, après 1842, donna, à la salle Herz, un concert au bénéfice des anciens élèves besogneux de l'École de Choron.

(3) Voir sur Wilhem : Jomard, *Discours*, etc., 1842 ; Ad. de Lafage, notice sur G.-L. Bocquillon-Wilhem, 1844.

génération d'écoliers ; à certains jours, il les fit avec grand succès (1) chanter en mesure et sans accompagnement. C'étaient de jeunes esprits s'appliquant aux rudiments d'un art difficile : mais, si les voix étaient exercées qui peut dire quelle part avaient dans cet apprentissage l'intelligence et le cœur ?

Choron formait des musiciens, des artistes ; il dirigeait une école de chant liturgique et de musique religieuse ; il étudiait, en remontant jusqu'à la Renaissance, les maîtres anciens Palestrina, Vittoria, Josquin des Prés, Goudimel.

Ce programme est, sans y changer un seul mot, celui des chanteurs de Saint-Gervais et de la *Schola cantorum*. Les ressemblances, en tout, sont frappantes. Choron, sous la Restauration, « faisait trembler l'École royale pour son existence ». « La *Schola*, écrit M. D.-Alf. Agache dans les *Documents du Progrès*, vers 1900, n'était plus la simple école des chanteurs, primitivement conçue, mais un véritable Conservatoire libre, dont les tendances devaient révolutionner l'enseignement musical en France... Tandis que le Conservatoire officiel s'endormait dans l'enseignement de méthodes surannées, ne cherchant à former que des virtuoses ou des prix de Rome, c'est-à-dire d'habiles artisans qui possédaient leur métier sans plus, la *Schola* donnait à ses élèves cette culture générale qui élargit les idées, forme le goût, développe l'enthousiasme. » Ce programme est-il nouveau pour nos lecteurs ? Est-il de 1825 ou de 1900 ?

L'auteur de l'article rend hommage à « l'activité inlassable et avertie d'un Ch. Bordes, à la compétence indiscutable d'un Alexandre Guilmant, enfin à l'enthousiasme moderniste d'un Vincent d'Indy ». Activité, compétence, enthousiasme, ce sont là les mérites que nous avons salués dans Choron : n'est-il pas juste d'associer sa mémoire aux triomphes de ses brillants et plus heureux successeurs ?

GABRIEL VAUTHIER.

---

(1) « M. Wilhem a donné le mois passé, écrit Berlioz à Liszt le 6 août 1839, deux séances publiques ; ses cinq cents élèves chanteurs ont été fort applaudis. Je n'ai pas trouvé leur exécution en voie de progrès. Tous ces jeunes hommes et ces enfants ont un sentiment rythmique d'un vulgarisme désespérant. Ils martèlent chaque temps de la mesure : ils convertissent tout, plus ou moins, en mouvement de marche. Certainement, ce résultat est très beau, si l'on compare l'ancienne ignorance des classes populaires à ce qu'elles savent aujourd'hui, mais savoir n'est pas tout en musique, il faut sentir aussi. » *Savoir* et *sentir*, c'est bien la différence entre la méthode de Wilhem et celle de Choron.

Ajoutons que Berlioz avait été très frappé de cet emploi des masses. Dans une lettre à J. d'Ortigue, du 21 juin 1851, il parle de l'enthousiasme qu'il a ressenti en entendant à Saint-Paul de Londres un chœur de six mille cinq cents enfants des écoles de Charité. « Voilà la réalisation d'une partie de mes rêves, et la preuve que la puissance des œuvres musicales est encore inconnue. » Le 27 avril 1855, il pouvait enfin donner son *Te Deum* à Saint-Eustache avec six cents enfants et deux cents choristes artistes.

Poitiers. — Société française d'imprimerie